いろいろな謎、見つけた

喜多ひろ
KITA Hiro

文芸社

いろいろな謎、見つけた ◎ 目次

1　青い帽子の年長さん　5

2　黄色いランドセルの小学生　13

3　緑色の体育着の中学生　21

4　赤いリボンの高校生　27

5　茶色のスケッチブックの大学生　45

番外編　抹茶色のスケッチブック　50

6 黒色の制服のホテルマン …… 59
7 空色の舞台の仲間たち …… 66
8 消えたカバンの謎 …… 110
9 消えた乗客の謎 …… 150
10 消えた卒業記念品の謎 …… 161

1 青い帽子の年長さん

朝の駅は混んでいる。

駅に入ろうとしたら、人がどっと出てきた。

入口のドアの前でちょっと待つ。

北口なので風よけにドアがあるのかもしれない。何人かが通り過ぎながらちらっと見てくる。

人波が途絶えた瞬間に駅舎の入口に滑り込む。

入ってすぐのところにコンビニがあり、狭い店内は人がいっぱいである。

レジが途切れた瞬間、レジのおばさんと目が合った。ちょっと怪訝そうな表情で見返してくる。反射的に軽く頭を下げる。

定期を機械にかざし、改札を抜ける。改札ゲートが開かなかったらと思うと、ちょっと緊張する。

駅員さんが窓口にいたので挨拶をする。笑顔で挨拶を返された。

初めての電車通学にまだ慣れない。

まだみんなが上着を着ている中、半袖ワイシャツはちょっと目を引く。朝の風景の中で、そこだけ光が当たっているように白い。

四月初め、高校生活が始まった。

一週間もすると、朝の行動がちょっとずつ慣れてきたように感じる。周囲の様子も見えてきたような感じ。朝の風景も見慣れたような気がしてくる。

そんな中で、ふと気になったり、あれ？　と思ったりすることがある。

ドアが閉まり、発車のアナウンスが流れる。がたんと車体が動き出す。

さあ、行くぞ。

朝のスタートという感じだ。

＊

1　青い帽子の年長さん

いつもドアすぐの席に並んで座っている親子がいる。まだ学生と言っても通じるような若いお母さんと小さな男の子。男の子は黄色いバッグを斜めがけにし、青い帽子をかぶっている。幼稚園の年長さんだろうか。いつも楽しそうに話をしているように思う。

I駅ではもう乗っている。そして、いつも自分と同じM駅で降りている。改札まで同じ流れで動く。

しかし、今日は違った。

お母さんが次のK駅で降りてしまった。降りる前に「お迎えに来てくれているからね」と言っているのが聞こえた。男の子はバイバイと手を振っていた。

そう言えば、先週この親子を最初に見かけたときも、お母さんが先に降りて、男の子が一人でいたように思う。次の日はお母さんもM駅まで一緒だった。

M駅に着くと、男の子はぴょこんと飛び上がるように座席から立ち上がり、ドアに向かう。この車両のドアは、ちょうど改札口へ降りる階段の前で止まる。

階段のところに立っていたおじさんが手を振っている。その胸には青いストラップのネームホルダーが揺れていた。先週も同じ場面を見た記憶がよみがえる。

青い帽子をかぶった男の子は、そのおじさんに手を引かれて改札を抜けていった。

今日は月曜日。

毎朝、同じ動きをしていると、なんとなく同じ車両に乗ってしまっている。だから、その男の子とも毎朝一緒だ。男の子と時々目が合うこともあり、この間は思わず手を振ってしまった。男の子がうれしそうに手を振り返してくれた。ちょっとうれしかったりする。


その次の月曜日のこと。

お母さんと男の子はいつものように乗っていた。でも何か違う気がする。その違和感の正体は帽子だった。いつもの青い帽子をかぶっていなかった。それに元気がなさそうだった。

(だるそうな、眠そうな感じかな)

帽子は家に忘れてしまったのかもしれない。心配そうな様子で、お母さんは降りていくとき、「寝ちゃだめだよ」と言っているのが聞こえた。それにもかかわらず、電車が動き出すと、男の子は座席からずり落ちそうになっていた。やはり眠そうだ。

M駅に着き、ドアが開いた。乗客が降り始めると同時に発車のベルがホームに鳴り響く。入口の近くに立っているので、先にホームに出る。いつもだと男の子がドアの前に立って開くのを待っていて一番に出ていくのだが、今日は乗り込む人と入れ違いで最後に出てきた。もしも寝てしまっていたら起こそうと思っていたが、何とか大丈夫だった。

男の子はホームに立つと、きょろきょろと辺りを見回す。いつもそこにいるネームホルダーを下げたおじさんがいない。

（いつもは男の子を階段のところで待っているのにどうしたんだろう）

電車がホームに入ったときには、階段のところに立っていたのを見たようにも思う。

（なぜ、いないんだろう。この後、どうしよう）

電車は走り去り、人波は階段へと消えつつあった。

「おじさんを捜そう」

思いきって男の子に声をかけた。そして、優しく手をつないだ。男の子も「うん」と言ってにぎり返してきた。

男の子の手を引きながら改札に向かうと、その改札の向こうに、あのおじさんのような後ろ姿が見えた。違うかもしれないけど、とにかく後を追う。

男の子は黄色いバッグからカード乗車券を取り出すと器用に改札機にかざす。慣れた様子だ。「すごいね」と言うと、男の子は得意そうだ。

M駅は南口と北口がある。男の子たちとはいつも改札を出た後は一緒になっていないから、自分の使っている北口ではないと考えて、改札を抜けると迷わず南口へ向かう。

南口を出ると少し先に黄色いマイクロバスが停まっていた。その車体には青い帽子をかぶった小鳩のキャラクターが描かれていた。それと「こばと幼稚園」の文字。

そのバスの脇にはあのおじさんが立っていた。隣の先生らしき女の人と話をしている。そして周りには親子づれが何組かいた。子どもたちはみな青い帽子をかぶっていた。

（そういうことか）

おじさんは、きっと電車の窓から青い帽子が見えなかったため、バスに戻ってしまったんだろう。

バスを見ると、男の子はニッコリと笑って、手をつないだまま走り出した。

「ダイスケ君、お休みの連絡はきていませんよ」

女性の先生がいつものおじさんに言っているのが聞こえた。

「はーい」

自分が呼ばれたと思ったのか、その声に答えて、男の子が大きな声で返事をした。

一斉にみんなが振り返る。

そのダイスケ君を幼稚園の先生に引き渡すと、急いで駅舎に戻る。自転車は北口の駐輪場に停めてあるから。

「お兄ちゃん、バイバーイ」

男の子はバスに乗り込んで窓から手を振っている。急ぎながらも手を振り返した。

ダイスケ君が迷子にならず、無事、幼稚園のバスに乗ることができて、よかったよかった。

まだまだ慣れていない、大忙しの月曜日。

2 黄色いランドセルの小学生

改札口を出ると南北に通路が広がる。

改札の正面には、市の観光案内と地図が描かれた案内板が立っている。その案内板は裏側が掲示板にもなっている。掲示板には市主催行事のポスターや商店街のチラシが貼ってある。選挙啓発ポスターでは、マスコットキャラクターが投票を呼びかけている。


その案内掲示板のところに、小さな人影が見える。そこから改札口をこっそり見ているような感じだ。朝の忙しい中だから誰も気にしない。

あれっと思ってしまうと、こんなどうでもいいことが気になってしまう。何か困っているのかなと思ってしまう。

その人影が小さくて、ランドセルを背負っているのでなおさら気になる。ランドセルには「交通安全」の黄色いカバーを付けているから、一年生だろう。女の子のようだ。

（こんなところで何をしているんだろう）

通り過ぎながら見ていると、どうやら改札から出てくる人を見ているらしい。

（誰かを待っているのかな）

目が合ったがスルーされた。しかし、次の瞬間、案内掲示板から飛び出さんばかりに女の子が身を乗り出した。改札を振り返ると、紺のスーツ姿の若い女の人が出てくるところだった。

お母さんにしては若いと思う。

（あれ？　あの人は確か……）

知っている人に似ていたが、人違いだった。

案内掲示板の陰から出てきた小さな女の子も残念そうな顔をしている。待ち人ではなかったらしい。

駅舎の出入口のところに、のぼり旗が揺れていた。毎週火曜日、大売出しの文字が風に躍る。

次の火曜日のこと。

あの子がいた。改札の正面、案内板のところだ。今日は隠れずに案内板の前に立って、こちらをしっかり見ている。女の子からもよく見えるだろうし、改札から出てきた人も女の子の姿がしっかり見える。相手にもしっかりと見つけてもらえるように、ということかもしれない。

今日は結構目立つ。どうしたのかなと見ながら通り過ぎる人もいる。でも、さすがに声まではかけない。

そこに上級生らしき女の子が走ってきた。そして「行こう」と言って、手を引いて歩いて行く。小さい子は振り返り振り返り歩いて行く。

ちょうど同じ方向に進む。北口を出ると、その先の信号機の手前に小学生の集団がいた。今も集団登校をしてるんだ、と思った。

その集団に二人も合流した。アリの行列のように、その集団は一列になって歩いて行った。

そして、次の火曜日。

あの女の子はいなかった。

今日は祝日で学校が休みだ。いつもに比べて人も少ないように感じる。今日は模擬試験があるので、いつもの通り登校していた。休みの日なのにと思いつつ、いつものように改札を抜け、正面の案内板を見る。女の子がいないことに、まあ当然か、という思いと安堵もした。

（結局、誰を待っていたんだろう。火曜日限定の待ち人って、どういう人なんだろう）

出口のところで、商店街ののぼり旗が揺れているのを見て、改めて、ああ、火曜日だと思った。こののぼり旗は火曜日だけ立てられている。集団登校の途中に駅前を通ると、のぼり旗は目立つ。小さな女の子はそのとき、誰かを見たのかもしれない。

そんなことを考えながら駅舎を出て、駐輪場に向かった。

2　黄色いランドセルの小学生

「おはよう」

突然、声をかけられた。

声のほうに振り返ると、ダイスケ君のお姉さんが笑顔で歩いてくる。月曜日以外、ダイスケ君と電車に乗ってM駅まで来ている。

月曜日のちょっとした出来事でダイスケ君と友達になった。それ以来、会えばダイスケ君と挨拶をするようになり、その後お姉さんと話をするようになった。話をするまで親子だと思っていたことは、もちろん言ってない。

ふと、女の子が待っているのは、もしかしてこのお姉さんではないかと思った。

そういえば、火曜日はちょっといつもの服装とは違うような気がする。紺のスーツを着てさっそうと歩く姿が、最初に女の子に会った日、女の子が間違えそうになった人に似ていた。そういえば、あのときも、確かに一瞬、ダイスケ君のお姉さんだと思ったのだ。

後を追いかけて、「忙しいところすみません」と声をかけた。

「火曜日はいつもこちらに来るんですか？」

ダイスケ君のお出迎えなら、南口を利用しているはず。

「第二火曜日は、塾のアルバイトをしてるの」

塾は北口を出て少し行ったところにあるそうだ。午前中が年中さんまでの幼児教室で、午後が年長さんや小学生の学習教室なのだそうだ。

不思議そうな顔をしているお姉さんに、駅で待っている女の子の話をした。

くわしいことはまた明日の朝、電車で話すことになった。

（なんだかちょっとうれしい）


次の火曜日。

ダイスケ君のお姉さんと一緒に改札を出る。

案内掲示版の前に、あの女の子はいた。

「ユイ先生！」

女の子が駆け寄ってくる。

「サツキちゃん」

女の子はサツキちゃんと言うらしい。

ダイスケ君のお姉さんはユイさんということもわかった。名前は聞いていなかった。

サツキちゃんはユイさんに抱き付いている。「元気だった？」と聞かれて、サツキちゃんが答える。

「サツキね、小学生になったんだよ」

「すごいね」とユイさんがサツキちゃんを抱き寄せて言う。朝の忙しく、人が行き交う駅で、そこだけ時間がゆっくり動いているように感じた。

「このお兄ちゃんが、サツキちゃんが待っているって教えてくれたのよ」

「お兄ちゃん、ありがとう」

サツキちゃんが笑顔で言った。ちょっと照れくさかった。「よかったね」と声をかける。

駅で会った次の日、約束通り朝の電車で、駅で待っている女の子のことを話したところ、ユイさんは朝の駅にスーツで来てくれることになったのだ。

「もしかしたら人違いかもしれませんが……」と伝えても、「そのときはそのときで」と言ってくれた。そして「私もその女の子のことが気になるから」と言ってくれた。

後で聞いた話では、ユイさんがアルバイトをしている幼児教室にサツキちゃんは通っていたらしい。

サツキちゃんは登校途中、駅から出てくるユイ先生を見て、火曜日、駅に行けば会えると思ったらしい。大好きだったユイ先生に、小学生になったことをどうしても伝えたかったのだろう。

サツキちゃんの笑顔を見て、おせっかいも役に立ったかなと思った。

あたたかな気持ちになれた火曜日。

3 緑色の体育着の中学生

「えっ、緑色の子ばっかり」

突然、後ろから聞こえてきた。

思わず振り返ってしまった。すぐ後ろに、ちょうど階段からホームに駆け上がってきたであろう、おばさんが立っていた。

電車にはたくさんの中学生が乗っていた。まるで貸切列車のように、同じ緑色の体操着を着た中学生が乗り込んでいる。確かにいつもとは違う光景で、緑一色だ。

この地域の中学校には学年カラーがある。学年ごとに色の指定があり、体育着や上履き、体育館シューズなど、その色で統一している。三年生が赤色、二年生が青色、一年生が緑色のように。

というわけで、緑色の体育着を着た中学生で車内はいっぱいになっている。校外学習で、どこかに行くのだろう。雰囲気的には一年生っぽい感じがした。

そう言えば、今日は水曜日。水曜日に学校行事がよく組まれていたっけな、と思い出した。

月曜日だと前日が休みで連絡がとりにくかったり、金曜日だと次の日が休みになってしまって振り返りやまとめがしにくかったりするので、週の半ばがいいらしい。そのため水曜日に校外学習が組まれているらしい。どちらかというと、金曜日に行って次の日が休みのほうがうれしいんだけど、と思ったものだ。

突然、振り返ったので、おばさんは一瞬驚いた表情をしたが、ちょうどよい話し相手を見つけたとばかりにしゃべり出した。

行きがかり上、話を聞くしかないといった状況だ。幸いにも、発車までには、まだ時間がある。おばさんは階段のほうをちらっと見てから話し出す。

「さっきね、そこでこれを拾ったんだけど……」

おばさんが言うには、階段の途中で、横を緑の集団が通って行ったという。そのときに何か白いものがふわりと目の前に落ちてきた。タオルだった。拾って振り返ると、その集団はすでに階段から消えていた。そしておばさんはタオルを持って、慌ててホームへと戻ってきたという。

「緑の子を見つけて、渡せばと思ったんだけど……どの子かわからない。どうしようかしら？」

おばさんに問われて、答えなくてはいけない状況になってしまった。

「聞いてみるしかないでしょうか」

どうしても、あたりさわりのない言い方になってしまう。

「そうだよね」

「でも何て言ったらいい？」と聞いてくる。

「これなんだけど……これって女の子のマンガかしら。すれ違った子たちは男の子だったと思うんだけど」

おばさんが広げたタオルには、白地に女の子のキャラクターの絵が描かれている。

男の子に人気のアニメキャラクターであることを伝えると、「そうなんだ」と妙な感心をしている。

「誰か落とした人いないか、聞いてみてくれる」

打ち解けてきたせいか、おばさんが期待を込めて言ってくる。流れがそうなってしまったので、やむを得ず聞いてみることにした。なんで自分がと思いつつも、いやと言えない。もちろん、すごいドキドキしていたが。

思いきって車内に入ると、ちょっと声を張って言う。

「このタオルを階段のところで落とした人はいませんか」

おばさんが入口近くのホームから、窓越しにみんなに見えるようにタオルを広げて見せている。

タオルの中でキャラクターが笑いかけている。「なになに」と、みんながタオルを見る。

しかし、誰も名乗り出ない。

「いないのかな」

おばさんが首をかしげる。

「中学生じゃなかったのかな……。でも、横を通ったのは、確かに緑色だったんだけど。あっ、オレンジ色も見たような気もする」

おばさんは独り言のように言うと、どうしようかと聞いてきた。

「落とし物として駅に届けるしかないですかね」

と言いながら、オレンジ色という言葉がひっかかった。さっきに車内で見た気がする。

車内に目を戻すと、大きな男の子と目が合った。他の子に気づかれないように自分を指さしている。人差し指と親指でオーケイのマークをつくり、男の子にわかったことを伝える。

その大きな男の子の靴には、オレンジ色の鮮やかなラインが入っていた。

「持ち主がいたみたいですよ」

「えっ、誰だかわかったの」

驚くように言うおばさんに、オレンジ色の線の入った靴を履いていた子がいたことを話した。「名乗り出るのが恥ずかしかったみたいですね」と付け加える。

そのとき、発車のベルがホームに鳴り響いた。

「じゃ、その子に渡してあげて」

おばさんはタオルを手渡しながら、「助かったわ、ありがとう」と言った。

「でも、よくわかったわね。まるで、名探偵みたい」と言い、有名なアニメのキャラクターの名前を言った。

「とんでもない。足元にもおよびませんよ」

でも、ちょっとうれしい。

持ち主の男の子がいる隣の車両に乗る。

こっちを見たので、少ししたらタオルを取りに来るだろう。

おばさんはホームにいて、ドアが閉まるときには手を振って見送ってくれた。

いつもとはちょっと違う、水曜日の朝。

4 赤いリボンの高校生

（あれ？　……人違いか）

ふと、おじさんの肩越しに視線を感じた。その先に目を向けると、女の子がいた。制服を着ているので高校生だと思う。

視線を感じたように思ったのは気のせいかもしれない。別に何事もなかったように、彼女は歩いて行ってしまう。誰か知っている子かと思ったが違ったらしい。

「それじゃ」

おじさんは手を上げると背を向けて歩いて行った。

おじさんの名前は「たちばな」さん。幼稚園の先生だ。送迎バスの運転手もしている。胸元でゆれているネームホルダーは身分証明書も兼ねていて、幼稚園の名前とひらがなで「たちばな」と書いてある。そのため漢字でどう書くのかは実は知らない。

いつもは南口で待っているみたいだけど、月曜日はホームまで子どもを迎えに来ている。そんな中、わけあって、知り合いになってからは駅で会うと挨拶をする間柄だ。「今日は木曜日ですよね」と言うと、初めて駅からバスに乗る親子が来ないので北口まで見に来たところだという。今、スマホに連絡が来て、入れ違いでバスまで来たとのことだった。

軽やかに走っていくたちばなさんを見ながら、おじさんというとちょっと失礼かなと思いつつ後ろ姿を見送る。

そのとき、同じようにたちばなさんを見ている人物に気づいた。さっきの女子高生だ。なぜか怒ったようににらんでいる。理由はわからないけど、怒っているように見えた。それが心配そうな表情に変わると、北口に向かって歩いて行った。

(えっ、誰？　何で？)

どうやら、おじさんの後をつけていたらしい。

女の子は北口に向かって急いで歩いて行く。走っているわけではないけど、歩くのが、とにかく速い。

別にその子の後をつけているわけじゃないけど、その後を歩いて行く。北口に駐輪場があるからだ。

その日の昼休み。

中庭で友達と話をしていると、突然、その友達がニヤニヤし出した。

「なんだよ」

「何か用があるんじゃない」

振り返ると、女子が立っている。知らない子だ。

「頑張れよ」と言って、友達は行ってしまった。

「ちょっと聞きたいことがあるんだけど」

その子はよしと気合を入れる感じで近づいてくると、唐突に話し出す。

「朝、M駅で話をしていた男の人のことなんだけど」

(朝、駅にいた子か)

駅で見たときと雰囲気が違っていてわからなかった。今は、髪を縛っていて、胸元に制服の赤いリボンをつけている。

(同じ高校だったんだ。赤いリボンがあれば、すぐわかったのに)

「『たちばな』さんのこと?」

「そう。親しそうな感じだったけど」

ちょっと突っかかるような言い方だ。

(何を怒ってるんだ)

「でも、知っているのは名前だけ」

「毎朝、会う?」

理由も言わずに一方的に聞いてくるので、なんだかカチンときた。

「突然何だよ」

ちょっと強く言ってしまう。黙ってしまったので教室に戻ろうとすると、慌てたように言う。

「ごめん。ただ様子が知りたくて」

突然、目を伏せて、弱気な表情になった。

（どうしよう。別に責めてるわけじゃないんだけど）

こっちが困ってしまう状況になった。

「どんなことでも、知っていることを教えてほしいんだけど」

そして顔を上げると強い口調で言った。

「本当に何も知らないんだけど……」

そう前置きをしてから、幼稚園の先生で駅に園児を迎えに来ていること、南口に送迎バスの乗降場所があることを話した。このくらいしか知らない。これは見ていれば、誰でもわかることかもしれない。だから、別に隠すことでもないし、話しても大丈夫だと思う。

まさか、おじさんのことを大好きで追いかけている危ない子じゃないよな、と思いつつ、おじさんのことを何で知りたいのか聞いてみると、初めて笑顔を見せた。

「私のお父さんだよ」

意外すぎる答えが返ってきた。

そのとき、午後の授業開始の五分前を告げる予鈴が鳴った。

昼休みの話の続きは放課後になった。

またしても場所は中庭。放課後の中庭は思いのほか静かだ。

改めて、お互いに自己紹介をすると、同じ学年で隣のクラスだということがわかった。朝、駅で話をしているのを見かけたときは、やはり同じ学校だとは思わなかったそうだ。どこの高校の生徒だろうと思っていたという。

「ちゃんと制服のネクタイをしてれば、すぐにわかったのに」

（自分だってリボンをしてなかったじゃないか。それってお互い様じゃないか）

そう思ったが黙っていた。

昼休みにベランダから何気なく中庭を見ていたら、もしかして駅にいた子かもしれないと思ったそうだ。そして、慌てて中庭に来たらしい。

（朝の駅の慌ただしさの中で、ちゃんと覚えていてくれて光栄です）

これも心の中で思っただけ。

その後、彼女の話で、「たちばな」さんが「立花」さんであることがわかった。

そして、目の前にいる女の子が「まゆみ」さん。駅で見たときは同級生という感じではなく、年上のように見えた。隣のクラスだから、これまでも廊下ですれ違っていたかもしれない。

「『まゆ』って呼んでね」

突然そう言われても困る。名前で呼んでいいのか、まだ距離感がつかめない。今のところは、やっぱり「立花さん」だろう。どう考えても、名前で軽々しく呼べない。

*

さて、立花さんの話を簡単にまとめると、こんな感じだった。

その日、友達からノートを借りた。放課後、そのノートを返そうと、帰りの清掃当番から教室に戻ると、その友達がすでに帰ってしまっていた。明日の宿題もあるし、困るだろうと思い、すぐにスマホに連絡をした。すぐに返信があり、この後、買い物をしてから駅に行くという。「それじゃ、駅まで持っていくから」ということになった。

立花さんは自転車通学だという。

電車の時刻を聞いて、その電車に乗る前に駅でノートを手渡すことになった。

駅に着いて改札口の前で待っていると、友達が駆け寄ってきた。無事にノートを返すことができてほっとした。手を振って改札を通っていく友達を見送った。

さて帰るか、と自転車を停めた駅前広場に戻ろうとした。

「本当はそこに自転車を停めてはいけないんだけど、すぐだし、ちょっとだけって停めさせてもらったの」

ちょっと言い訳をするように言った。無料の駐輪場は少し離れたところにある。

そのとき、南口から入ってくる二人連れに気づき、なんとなく視線を向けた。若い女の人が男の人の腕につかまって歩いている。男の人は女の人を支えるような感じでゆっくり歩いている。

「やっぱり車で送るよ」

「ほんとに大丈夫だから」

男の人の言葉に女の人が微笑みながら答える。お似合いのカップルのように見える。

立花さんは慌てて通路中央の案内板の後ろに隠れたという。なぜならその男の人がお父さんだったから。

「どう思う？」

話し終えた後、立花さんに聞かれた。

駅でお父さんを見たのが、先週の月曜日の夕方だったという。

どうしようと思いながら、直接聞けずにいる。その後も、それとなく父親の様子をうかがっているらしい。

そして、先週の木曜日の夜、電話がかかってきて、それをドアの外で偶然聞いてしまったという。「月曜日は」という言葉が聞こえた後、「……いたい……」と聞こえた。会いたいってどういうこと、と思ったらしい。その後に「来週の木曜日には……」「……帰りは駅まで……」と、所々断片的に聞こえた。

ここまで聞いてドアの前から逃げ出した。自分の部屋に戻り、気持ちを落ち着かせて考えた。

木曜日のお父さんの動きを見張ることにしようと思った。

「お母さんには相談できない」

立花さんのお母さんは小学校の先生らしい。とても忙しそうで、ここのところ帰りも遅いので、はっきりさせてから話そうと思ったという。

そして、朝、駅で張り込んでいたそうだ。毎朝の送迎バスのことは前から聞いていた。日中は幼稚園内での仕事なのでプライベートな行動はしないだろうから、問題はないと思う。この後も、駅に行って見張るつもりだ。

「大変だね」

ちょっと他人事のように言ってしまった。言葉のかけようがないけど、それでも何か言わないと怒られそうなので、つい余計なことを言ってしまう。

「でも、本当にそんな怪しいことをしているのかな」

ちょっとあいまいな言い方をする。

「もしも、そんな心配するような関係だったら、わざわざ多くの人がいる駅に腕を組んで来たりしないよ」

「それじゃ、どんな関係だと思うの？」

勢い込んで聞いてくる。

「電話の話も、もしも秘密の関係なら、いつ家族が入ってくるかもしれない家の電話で話さないんじゃない。そこで話しても大丈夫ということなんだと思うよ」

「そうかな……」とつぶやくと、「あの女の人は誰なんだろう」と続ける。

「たぶんだけど、仕事関係の人じゃないかな。職場には女性の職員が多いと思うし」

そう言うと、立花さんの表情が明るくなってきた。

「お父さんに直接聞いてみたほうがいいよ」

結局のところ、事実をはっきりさせるには、それしかない。あまりにも当たり前の回答になってしまった。

しかし、そう言うと、待ってましたとばかりに、「そこで相談なんだけど」と、立花さんが言った。そしてこの後の予定を相談されてしまった。後は家族の問題だと思ったら、そうはならなかった。「ここまで聞いておいて、知らないとは言わないよね」と強気の口調で言われると言い返せない。あっという間に、立花さんのペースになってしまう。

完全に巻き込まれてしまった。

そして、二人はM駅にいる。
駅に来る前に、中庭ではこんな話をした。
「今わかっていることを、客観的に考えてみると、こんな状況かな」
一つのストーリーを組み立てるために、箇条書きのようにしてみる。
立花さんのお父さんが女の人と二人で駅に来た場面について考えられること。
•女の人を駅まで送るため
•腕を組んでいたのではなく、足を痛めていたために支えてあげていた
•車で送ると言ったのもそのため
次に電話の話のこと。
•「いたい」は「会いたい」じゃなくてそのまま「痛い」。足を痛めていることに対してかけた言葉
•会話の中の「来週の木曜日までには」に続くのは、「よくなって仕事に復帰できる」

・「大変であれば」「駅まで送る」というのは気遣いの言葉

こう考えると、相手は職場の同僚の人になる。

「そうかぁ、なるほど、そうだね」

立花さんは感心したように聞いていた。

これで「後は家でお父さんに聞いてみればいいよね」と言ってしめくくる。これ以上は出しゃばらないほうがいいと思ったからだ。

ところが、立花さんが「その推理を証明しよう」と言い出した。

「推理というほどのものじゃないんだけど。冷静に考えれば、わかることだよ」

「そんなことはない、すごいよ」

そして「それを証明するために幼稚園に行こう」という話も出た。しかし、それはなかなか難しい。

結局、直接聞いてみようということになった。なぜか、その大役が回ってきた。

証明するのも名探偵の役目だとのこと。いつの間にか名探偵になっていた。

ということで、立花さんは父親に電話をした。

放課後ちょっとしてから話し始めていたが、気がつくと五時を回っていた。

いつもだと、この時間なら送迎の仕事が終わって、幼稚園にいるはずだという。

「それじゃ、M駅で」

立花さんが電話を終えると説明する。

今日はこの地区の職員の研修会があって、参加者たちが文化会館まで出かけている。その人たちを迎えに行って、これからM駅まで送って行くとのこと。幼稚園に戻るには時間がかかり遅くなってしまうので、もしも、ちょっとの時間でいいのなら駅で話をすることはできるという。電車通学の子が一緒にいるから、ちょうどいいと答えたらしい。

こんなわけで、今、駅にいる。

「なんだ、二人は知り合いなのか」

立花さんのお父さんが驚いたように言った。

南口を出てすぐのところに送迎バスの乗降場所がある。

立花さんと二人で南口で待っていると、間もなく送迎バスがやって来た。

送迎バスから職員が三人降りてきた。いつもは園児が乗っている送迎バスが、今日は職員の送迎に使われている。降りてきたのは三人とも女性である。

「えっ、あの人」

立花さんが降りてきた人たちを見て、茫然としている。本当に固まっているという感じ。その理由はすぐわかった。

バスから降りてきた人たちは、お互いに挨拶をしてから、二人の人は駅に入らず、駅前を歩いて行く。一人の若い女性が駅の南口に向かって歩いてくる。きっと、あの日、駅で見た女の人なのだろう。

その人と目が合った。知ってる人だと思った。向こうも同じように思ったのか、あれっという表情。送迎バスにいつも乗っている女性の先生だ。

「こんにちは」

「こんにちは、今、学校の帰り？」

気さくに聞かれて、「そうです」と答える。「電車ですか」と聞くと、時々、電車も利用するのだという。

「この間、幼稚園で足をくじいちゃって、車の運転が心配だったからここ一週間は電車を利用しているの」

予想通りだった。

「駅までは特別に送迎してもらえるしね」

ちょっとおどけたような言い方をして笑った。「それじゃね」と言って、南口を入って改札に向かって行く。

立花さんは何も言わずにその様子を見ていた。

「あの人は送迎バスにいつも乗っている幼稚園の先生だよ」

立花さんがあの日見た人だと言った。

「これで証明終了だね」

そう言うと、立花さんにちょっとにらまれた。でも、すぐに笑顔になった。

運転席から立花さんのお父さんが降りてきて、声をかけられたのは、このタイミングだった。

その後は当然のことながら、立花さんのお父さんに何の用かと聞かれた。どうするという顔をして焦っていると、立花さんは実に堂々と、まるで最初からそれが目的であったかのように話し出した。

いつの間にか、今度、幼稚園の見学をさせてほしいので、そのお願いに来たという話になっていた。それも、立花さんだけでなく、二人で行くという話になっている。話の流れで、最後には一緒によろしくお願いしますと挨拶をした。

送迎バスを見送っているとき、「一人で見学に行けばいいんじゃない」と言うと、二人で行くのがいいという。

「私一人で行くんじゃ、別に家に帰ってから言えばいいってことになるでしょう」

なるほどそうか、と思った。そう思いながらも、改めて面倒なことに巻き込まれたんじゃないだろうかと心配になった。しかし、その後の言葉に、まっ、いいかと思う。

「二人で行くほうが安心だし、何といっても二人で行きたいと思ったから」

にっこりと笑った、立花さんの笑顔になぜかドキっとした。そして、慌てて目をそらした。

朝からなんだか慌ただしくて、忙しい、長くもあり、あっという間でもあった、ちょっと特別な一日になった気がする。


電車を待つ間、ホームで一人になった。いつの間にか二人でいるのが楽しくなっていて、一人がちょっとだけ寂しいような感じがした。でも、今日のことを思い出すと、心がほんわかと温かくなるような気がした。

いつもとは違う特別な木曜日になった。

毎週がこれでは大変だけど、こんな木曜日もたまにはいいかな、と思った。

通勤の人、通学の人がホームに集まってくる。静かだったホームがにぎやかになる。ホームに電車が来ることを告げるアナウンスが流れる。いつもと同じ情景だ。

いつもの景色が鮮やかに彩られたような木曜日。

5 茶色のスケッチブックの大学生

「あの大きなノートにはお絵描きできるんだよ」

「すごい大きいね」

おばあさんと孫らしい男の子が話をしている。


朝の通勤通学の電車の中。

昨夜は課題のレポート作成に追われていて、寝るのが明け方になり、とにかく眠い。

今週中に提出する課題だったので、何とか仕上げた。出来上がったときには、もう外が明るくなっていた。

今日は金曜日。ちょっと気持ちが軽くなる。明日はゆっくり寝ていられる。

ドアの近くに立っていると、ドア横に二人並んでシートに座っているおばあさんと男の子の話が、聞くとはなしに聞こえてくる。

（大きなノートって何？）

さりげなく、おばあさんに視線を向けると、どうやら向かい側の席を見ながら話しているらしい。

ゆっくりと車内を見回すようにその方向を見ると、緑色のスケッチブックを抱えた若い男の人がいる。白いTシャツにジーンズというラフな服装だ。スケッチブックは濃い緑色で表紙に大学名が書いてある。大学生らしい。目を閉じているが、小さくリズムをとるような揺れが見えるので、音楽を聴いているのかもしれない。

大きなノートとは、このスケッチブックのことのようだ。しかし、次の言葉に、えっと思った。

「……ちゃいろの表紙を……回して平らにできるんだよ」

おばあさんの話に、男の子が得意そうに答える。

「知っているよ。茶色の固い紙をくるんとして下敷きにするんだよ。この前、やってるとこ見たよ」

スケッチブックは、背の部分がいくつものリングのような留め具になっていて、三百六十度回転させてひっくり返せる形状のものだ。大判のスケッチブックでは定番かもしれない。中学校や高校でも、美術の授業で使っているタイプのものだ。

（あれは緑色だよな。茶色ってどういうこと？）

車内を見渡すも、他にスケッチブックを持っている人はいない。


電車がM駅に到着すると、入口のところにいるので、一番にホームに降りられる。おばあさんと男の子が立ち上がったのが、ちらっと見えた。ホームにも人が立っている。その間を抜けるように電車から降りる。後から人がどんどん出てくる気配がする。足早に階段に向かう。ホームから階段を下りて、改札口に向かう。


金曜日の帰りはいつもなんとなく楽しい。もちろん、明日が休みだから。

課題の提出も無事終わり、いつになくリラックスモードで駅前の広場を歩いていると、朝の電車で見かけた大学生がいた。ベンチに座って、駅舎を見ながら、あのスケッチブックを広げて絵を描いている。

(あっ、そういうことか)

朝の男の子の言葉がよみがえった。「茶色い表紙をくるんとして下敷きにする」と言っていたことを思い出した。

大学生が時々、角度を変えたり、立ち上がったりしながら描いている様子から、「茶色」の意味がわかった。

表紙の裏側が見える。それは茶色だった。そのスケッチブックの表紙は表側が深い緑色で、裏側は紙の地の色つまり茶色だった。

(確かに茶色だ。納得)

ホームに上がって、電車を待つ。

階段のほうから話し声が近づいてきた。

偶然にも、あのおばあさんと男の子だ。

そのとき、あれ、と思った。朝の電車で「茶色」と言っていたのは、男の子だけじゃなかった。おばあさんもそう言っていたような気がする。

「やっぱり、僕はイチゴがいいなぁ」

今日は暑かったので、帰りにかき氷を食べてきたらしい。もう、かき氷が食べられるところがあるんだ、と思った。

「おばあちゃんのは、ちょっと食べたけど、苦かった」

「抹茶のかき氷は大人向けだからね。でも、色は赤いのよりも、きれいな抹茶色のほうが涼しそうでいいよね」

「甘いほうがいいなぁ」と男の子は言っている。

（そうか。『ちゃいろ』じゃなくて、『まっちゃいろ』か）

おばあさんは、スケッチブックの深い緑色を「抹茶色」と表現したのだろう。

（なるほど、そういうことか。納得）

朝の謎は帰りに解けた。

これでゆっくりと休めそうな金曜日。

番外編

抹茶色のスケッチブック

登校中の話ではないが、この日の出来事には続きがあった。そう、金曜日の朝と帰りの出来事は夜へと続いた。


金曜日の夜のこと。

晩御飯の支度をしていた母親が、醤油がないので買ってきてと言ってきた。

「ついでに、明日の朝の牛乳とパンもお願い」

駅前のスーパーは十時までやっている。

(行くならついでに、帰りに本屋さんにもちょっと寄ってこようかな)

「なるべく早く帰ってきてね」

本屋に寄ることはお見通しのようだ。釘を刺された感じ。

（でも、ちょっとだけなら大丈夫かな）

朝は駅まで歩くが、買い物は自転車で行く。

駅前は、ちょっとしたショッピングモールになっていて、スーパー、薬局、衣料品店の他に、本屋、美容室、百円ショップなどが軒を連ねている。

駐輪場には歩行者用通路から入れる。駐車場の入口にはゲートがあり、その前に何台か車が列をつくって停まっていた。入口は黄色い回転灯が回って開き、出口は赤い回転灯が回って開くようになっている。

出口横の歩行者用通路から入って、自動販売機の横の駐輪場に自転車を停めた。

その自販機前のベンチで、男の子とお母さんの親子連れが座って楽しそうに話をしていた。

レジでの支払いを終えて、レジ袋に品物を入れていると、入口から小さな男の子が入ってくるのが見えた。

緑色のスケッチブックを抱えている。昼間の出来事がよみがえる。

（抹茶色のスケッチブックか）

そんな言葉が頭に浮かんだ。

その男の子はちょうど入口近くにいたお店の人に話しかけている。

「これを置いて行っちゃったの」

「どこにあったの？」

男の子が「イスの上だよ」と言っている。

「どこのイスかしら？」

話がスムーズにいかず、なかなか要領を得ない。お店のおばさんは、さてどうしたものかという感じだ。

「おうちの人は一緒じゃないの？」

「僕ね、オレンジジュースを飲んで、ママを待っていたの。イスに座って待ってた」

きっと駐輪場の自動販売機前のベンチのことだと思った。確かベンチが二つ並んでいたと思う。

「もう一つのイスにお兄さんが座ってた。一人でお話ししてたよ」

おばさんは最初、迷子だと思っていたみたいだ。ようやく、その子が忘れ物のスケッチブックを届けてくれたことがわかったようだ。スケッチブックは隣のベンチに座っていた若者の忘れ物だということもわかったようだ。若者はおそらく携帯電話で話をしていたのだろう。

「『びょういん』に行くって言ってたよ」

「まあ、そうなの」

男の子はうんとうなずいて、「すぐ行きますって言って行っちゃった」と言った。

「立ち上がったとき、服が赤かったよ」

「まあ、そうなの」

おばさんは驚いて、同じ言葉を繰り返している。

「まさか、血が出ていたりしたの」

さすがに言葉にしなかったけど、きっとそんな連想をしているみたいだ。「どうしましょう」とつぶやいているおばさんに思いきって話しかける。

「あの、大丈夫だと思いますよ」

男の子は「これどうする？」と言っているので、とりあえず、スケッチブックを預かる。表紙がめくれて、最初のページが見えた。男の子は絵を見て、「上手だね」と言って、もっと見たそうだったけど、丁寧に閉じた。そして、男の子に聞く。

「それまで服は何色だった？」

「白。それが赤くなった」

自動販売機があるのが、ちょうど駐車場の出口の近く。あの赤色灯が回転するところだ。きっと車が駐車場を出る際、安全確認のために点いたライトの光が辺りを赤く照らしたのだ。

「そこに白い服の若者がいた。そうすると、白が赤になったように見える。つまり、出口の赤い回転灯の色が映ったんだと思いますよ。男の子も全部赤かったと言っているし」

「血ではないのね」と言うおばさんもようやくほっとした様子だ。

「でも、その人、病院に行くって言ったんでしょう。どこか具合が悪くなったのかしら」

心配そうに言うおばさんに、「それも大丈夫だと思いますよ」と言う。

「きっとスマホで家に連絡してたんですよ」

一人で話をしていたのは、電話が相手だから。

「そのとき、病院に行くのであれば病院名を言うんじゃないですか。つまり、『びょういん』は『病院』じゃなくて、きっと『美容院』だと思いますよ」

駅前には美容室がある。駅前美容室の入口には確か「午後八時までやってます」という案内が出ていたと思う。勤め帰りの人も寄れるようにしているのだろう。

今は七時になろうとしている。

「電話で確認して、急いで行ったんだと思います」

「なんだ、そういうことか」

そう言うと、おばさんは今度こそ安心したようだ。

「それで、この子のお母さんはどこに行ったの？」

迷子の心配を口にしたとき、入口の自動ドアが開いて、若い女の人が入ってきた。

「あっ、いた。もう、心配したのよ」

男の子のお母さんだ。「すみません」と言いながら、ベンチで待っているというので、急いで薬局で買い物をしてきたとのこと。ほんの五分程度だったようだ。

「残すはこのスケッチブックだけど、お店で預かっておきましょうかね」

「……もし、すぐに返したほうが安心できるなら、届けましょうか」

控えめに言うと、「そうしてくれると助かるわ」とおばさんに言われた。


「ここにいると思いますよ」

駅前美容室に来ている。

（僕の考えが正しければ、ここにいるのは間違いないはずだけど……）

なぜか立花さんの「証明しなくちゃ」の言葉がよみがえった。もしも、ここにいなかったら、話は変わってしまう。

駅前美容室の前には、お店のおばさん、男の子とお母さん、みんな一緒に来ていた。おばさんはお店の責任者として、拾得物管理の責任もあるから。男の子は唯一、持ち主を知っているから。お母さんはもちろん一緒に。そして、ここにいるはずだと言った以上、同行することになった。

ドアを開けると受付がある。事情を話して入れてもらう。ちょっと大人数なため、お店には申し訳なく思った。

お客さんが三人いた。いずれも若い男の人。でも迷わず、その人のところに行き、鏡越しに尋ねた。

「このスケッチブックはあなたのですか？」

そこにいたのは、今日の朝と帰りに出会った、M駅を描いていたあの大学生だった。

「そう、このお兄さんだよ」

そして男の子も、スケッチブックの持ち主をしっかりと確定してくれた。

大人数に囲まれ、驚いている大学生に事情を手短に説明する。

スケッチブックは二冊あったらしい。慌てていて一冊を置き忘れてしまったとのこと。そして、届けてくれた男の子に丁寧にお礼を言っていた。

美容室を出たところで、おばさんがつぶやいた。

「ここにいるのは予想ができても、なんであの大学生だってわかったの？」

実は、あのスケッチブックを男の子から受け取ったとき、最初のページの絵が見えた。そこに描かれていたのはM駅だった。

こんなことがあって、本屋にも寄らず急いで帰ったけど、もちろん遅いと怒られた。

金曜日の夜のちょっとした出来事。

6 黒色の制服のホテルマン

午後七時を回ったM駅は、いつもに比べて静かだった。土曜日の夕方過ぎには、いつもの通勤通学の人々が行き交う慌ただしさがないからか、そこそこに人がいるのに、みな軽やかな足取りにも見える。きっと、自分自身が休日で気持ちに余裕があるから、そんなふうに感じるんだろうな、と思った。

隣を歩く立花さんは、楽しそうにさっき観た映画のことを話している。今日は、T市の駅前にある映画館に行ってきた。二人で学校外で、こんなふうに出かけるのは、もちろん初めて。映画はおもしろかった。でも、それ以上に二人で観たことが楽しかった。

「また観に行こうね」

（立花さんも満足そうでよかった）

立花さんはM駅で降りるので、その見送りで改札のところまで来た。いつもだと、そのまま電車でI駅まで行くのだが、この日の電車はM駅止まりだった。ホームで別れるつもりだったが、次の電車まで時間があったので、話しながら改札まで来たところだった。

「なんか、映画のワンシーンみたい」

立花さんが改札を出たところで手を振りながら喜んでいる。

ちょうど、そのとき、後ろから走ってやって来る黒い人影が目に入った。

(なんだろう?)

黒いスーツを着た人物。なんとなく制服っぽい感じの黒いスーツ。仕事の途中、抜け出してきたような様子。手に小さなカバンのようなものを大事そうに持っている。

改札のところまで来て、中を見渡してから、おもむろに立花さんに話しかけている。

「ここに若い男の方が来ませんでしたか?」

急いでいるわりには、とても丁寧に話す。

周りにはそれらしき人はいない。駅のホームからここに来るまでにすれ違ったのは、中学生くらいの子どもたちの集団と、お母さんと女の子の親子連れだけだったように思う。ちょうど反対側のホームの階段を上がっていったら、わからないかもしれないけど。

立花さんがそうしたことを話している。

「O駅行きの電車の時刻を気にされていたから、そちらのホームに行ったと思うのですが」

男の人は駅前のホテルのフロントの人だった。胸に名札が輝いている。名札には「高橋」と書かれていた。それを見て名前を確認する前に、きちんと名乗ってくれた。

つい先ほど、宿泊客が昼間預けておいた荷物を取りに来て、その後駅に向かったという。ところが、その際、手に持っていたカバンをフロントのところに置き忘れてしまったらしい。すぐ気がついたので後を追ってきたとのこと。

本来だと、忘れ物や拾得物は原則としてホテル内管理で持ち主からの連絡を待つのだそうだ。

「すぐに追いつくと思ったのですが……」

玄関を出て行くその人の後ろ姿に声をかけられるくらいのタイミングだったらしい。ところが、ホテルの玄関を出たところで、年配のご夫婦にちょうど道を聞かれてしまい、その対応に時間がとられてしまった。道案内を無事に終えたときには、当然のことながら、男の人の姿はなかった。でも、行き先はわかっていたので、こうして後を追ってM駅に急いでやって来たという。

「あなたたちに会っていないということは、駅にはまだ来ていないということでしょうか」

高橋さんは確認するようにつぶやいた。

O駅行きはこれから乗る電車だった。ということは、その男の人はさっきまでいたホームに来ることになる。だから途中ですれ違うはず。時間があるとはいっても二十分程度だから、どこか別のところに寄っているほどの余裕はない。

「その人は、もしかすると、白いワイシャツに茶色のズボンをはいていませんか?」

高橋さんに聞いてみた。高橋さんが驚いたような顔をした。

「なんでわかるんですか⁉」

「そうだとすると、きっと駅にいますよ」

改札の前に切符の券売機が並んでいる。その脇に目立たないように「関係者以外立入禁止」のプレートが貼られたドアがある。

そのドアを指しながら、「たぶん、あの中にいると思いますよ」と告げた。

高橋さんはすぐに改札横の窓口に声をかける。そして駅員さんに事情を話す。その駅員さんが奥に向かって何か言っている様子。

奥から若い男の人が出てきた。高橋さんが奥から出てきた人に、身元やら中身やらの確認を済ませて、カバンを手渡した。こうしてカバンは無事、持ち主のもとに戻った。

「ありがとうございました」

丁寧にお礼を言って、高橋さんはホテルに帰っていった。

「さすが、名探偵君」

立花さんが笑いながら言う。

「ちょうど、ドアに入るところが見えただけだから」

照れて言う。

「ということは、私も見ていたんだよね」

立花さんが言う。そして「気がつかなかったな」と、ちょっとくやしそうに言う。

そんな立花さんに思わず言ってしまった。

「映画の話を夢中になってしゃべっていたからね」

一瞬、間を置いてから、立花さんがちょっといたずらっ子のような笑顔で聞いてくる。

「あっ、ということは、私の話を全然聞いてなくて、きょろきょろ周りを見ていたってことかな。ひどい」

笑いながらだったけど、最後にしっかりと怒られた。

電車が来たことを告げるアナウンスが流れた。慌ててホームに向かう。見送りに来たのに、結局、見送られることになってしまった。
ホームに駆け上がると、電車が入ってきたところだった。
楽しい土曜日のちょっとした出来事。

7 空色の舞台の仲間たち

駅舎のほぼ中央にある南北の通路を抜けると、駅前ロータリーの向こうに芝生の駅前広場が広がっている。

I駅には毎朝来ているのに、日ごろはあまり南側に来ることがない。

北口に入る前からにぎわいが聞こえてきていたが、人通りはさほどでもない。通路にはいつも通り、駅を利用する人たちが行き交う。しいて言えば、若者たちが多いだろうか。子どもたちの集団もいる。

南口から出た途端、アナウンスの声や音楽が重なり合って聞こえてくる。お祭り会場の雰囲気だ。

いつもはタクシーが停まっている駅前ロータリーも、行き交う人で歩行者優先となっているようだ。ロータリーの外れに数台の車が停まっているくらい。車両の進入も規制されているようだ。

芝生の広場には特設ステージが造られていて、音楽グループが演奏をしている。その前の客席には多くの人が集まっている。

その客席をコの字に取り囲むようにテントが並んでいる。テント前には簡易テーブルとイスがあり、休憩場所になっている。そちらのイスもほぼ埋まっているようだ。テントでは軽食のお店が連なっている。お祭りでは定番のものから、地元食材の料理も楽しめるようになっている。そしてそれぞれのお店の前には、それを知らせるのぼりがはためいている。

その他に、手作りの小物やバッグ、衣服など、さまざまな商品が販売されている。後でリーフレットを見たら、朝市ではとれたての野菜や果物などの即売会もあったようだった。

子どもからお年寄りまで楽しめるイベントとして、毎年開かれている駅前フェスティバルは、地域の活性化のため五年前から始まった。多くの人が訪れるようになり、やっと軌道にのってきたという感じだ。

人が集まると、そこにはにぎわいが生まれる。そこにいるだけで、なんとなく、ワクワクしてくる。エネルギーが充填されるような感じだ。元気になれる。多くの人がお祭りを楽しみにし、大事にするのも、そのためかと思う。

南口を出たところで、駅前広場を見まわしながら、ぼんやりとそんなことを考え、こんなふうに、なんとなくイベントに来て楽しむのもたまにはいいかもしれない、と思った。

時刻は十一時になろうとしている。にぎやかな日曜日の午前中、駅前広場にいる。

ホームメイドの商品のお店が並ぶ一角に、展示スペースのようにパネルに何か展示されているところがある。テントの中ではイスに座った人同士が向かい合っている。正確には、一方の人がイスに座って前を向いているのに対して、もう一方の人が膝の上に広げたボードの上で何か書いている。話をしている感じではない。

何かなと思いながら、近づいていくと、その前に「似顔絵コーナー」と手書きの看板が出ている。パネルには描かれた絵が飾ってある。鉛筆だけで描いたものもあれば、水彩絵の具で色を塗ってあるものもある。どの絵も、優しい温かさを感じる作品だ。

今、描いてもらっている人の後ろに二人いる。なかなかの盛況ぶりのようだ。誰もいなければ、描いてもらおうかとも思ったが、どのくらい時間がかかるかわからないし、待つのならいいか、とその前を通り過ぎようとした。

歩みが止まった。パネルを見ていたら、気になる絵があったからだ。

（この絵の人って、もしかしたら……）

他人の空似にしては似ている。

女の子、制服を着ている、その胸元には赤いリボンが描かれている。

（どう見ても、立花さんだ）

鉛筆を走らせていた人が顔を上げた。あれっと思った。知っている人だ。あのスケッチブックの大学生。今日はグリーンのTシャツを着ている。

ちょうど描き終わったようで、イスに座っている人が立ち上がる。

「このままでいいですか？」

色を塗ることもできるが、絵の具が乾くのにちょっと時間がかかることを伝えている。イスに座っていた女の子が後ろの子に相談している。友達らしい。「色も塗ってもらったら」と言われている。「そうする」と答えている。色も付けることになったようだ。

「出来上がったら、そこのパネルに飾っておきますから、取りに来てください」

二人の女の子は「お願いします」と言うと、テントから出て行った。待っていたおじさんが振り返って誰か呼んでいる。休憩用のテーブルのところから男の子が走ってきた。お孫さんかな。男の子はちょこんとイスに座った。

そのとき、大学生と目が合った。あれっという表情が、あのときの、という表情に変わる。

「じゃ、描くからね。楽にしていていいよ。じっとしていなくても、こっちに顔を向けててくれればＯＫだよ」

「何年生？」「そう、一年生なんだ。学校はどう？」「アニメは何が好き？」

男の子が「あのね……」と答える。楽しそうに描いている。

「おばあちゃんのプレゼントにするんだ」

どうやら、この絵はおばあちゃんへのサプライズのお土産らしい。

「かっこよく描いてあげるからね」

そんなやりとりをしながら、物の十分ほどで描き上げてしまった。

「色を塗って仕上げておくからね。後で取りに来て」

と言うと、小学一年生は元気よく「ありがとう」と言って、イスから飛び降りるように立ち上がった。

にこにこしながら見ていたおじいさんがお礼を言って、「おいくらですか」と聞くと、大学生がにっこり笑って、「もう元気をもらいました」と言った。ボランティアでやっているので無料で、絵を描いている色紙については、後でイベント本部に申し出れば補助金をもらえるから大丈夫とのこと。

おじいさんと一年生君は手を振りながらテントから出ていった。

テントに入ってきた人が、「絵できてますか」と声をかける。「パネルを見てお持ちくださいと大学生が答える。取りに来た男の人はパネルを見渡して、「あったあった」とうれしそうに自分の似顔絵を手に取る。一緒にいるのは奥さんだろうか。「ちょっとかっこよすぎない」と言って笑っている。

「ちょっと待ってもらってもいいかな」

大学生が声をかけてきた。

「いつもなら一枚を仕上げてから次の絵に取りかかるんだけど、さっきは男の子が退屈そうにしていたから先に描いてしまったんだ。だから、その前の子の絵と一緒に色を塗って仕上げてしまいたいから」

待つつもりはなかったが、成り行きでイスに座っている。

「この間はいろいろとありがとう」

スケッチブックを巡る出来事のことだ。話しながらでも、絵筆は休まず動いている。モノクロの絵も味わいがあっていいけど、色づいていく絵も、絵の世界が明るくなっていくようで楽しい。

「イベントではいつもやっているんですか?」

「時々助っ人で頼まれたときにやっていたくらい。もともと風景画や静物画が中心だから。人物画はその人の何をテーマに描いたらいいのか、わからないんだよね」

そう言って笑った。その点、似顔絵はその人の笑顔を描けばいいからストレスがないそうだ。なんとなくわかるような気もした。

「お待たせ」

じっと見つめられると、どこを見たらいいのか困る。「そんなに固まらなくてもいいよ」と笑われた。

この間のスケッチブックの絵がとてもよかったと言うと、うれしそうにして、「それじゃ他の絵も見てみる?」と聞いてきた。「ぜひ」と言うと、傍らに置いてあったスケッチブックを二冊ほど手渡された。この間のスケッチブックよりも一回り小さいかもしれない。「ちょっと描くにはいいサイズなんだ」と言う。絵をメモする感じらしい。「ささっと気楽に描く感じ」と言った。

開いてみると、ちょっと圧倒された。どの風景も明るくて、光が差すような感じ。その光が温かい。そう言うと、「ほめすぎ」と笑った。

もう一冊を開くと、こちらは人や動物が描かれている。風景も描かれているが、主役はそこに描きこまれている人や動物たち。途中から背景にある風景がなく、人や動物たちの動きが描かれている。それも躍動感を感じさせながらも、ほのぼのとしたタッチで。絵本か本の挿絵のように物語を伝える一枚の絵。

「これは?」と聞くと、「それは紙芝居の原画を頼まれたときのものだよ」と言った。

「これもいいですね」

思わず言っていた。「今度、紙芝居の絵を描いてもらえますか?」と頼んでみる。

大学生は「いいよ」と気軽に答えてくれた。

「どんな内容か後で教えてね」

「こんなところにいた!」

後ろから声が聞こえてきた。

えっと思って振り返ると立花さんがいた。

「もう、十一時に駅前案内所の前って言っておいたのに、ずっと待っていたんですけど！」

そう言われたとき、やっちまったと思った。すでに十一時半になろうとしている。

「ごめん！　ちょっとのつもりが」

でも、よくわかったねと言おうとして、何でここにいるのかを思い出した。そう、パネルの絵のことを聞こうと思っていたんだった。でも、もう聞くまでもない。ちょうど本人がいる。

「絵をもらいに来ました」

立花さんが大学生に声をかけると、「パネルにあるよ」と言われる。絵を見て、「いいでしょう」と言う。「うん、すごくいいね」と答える。

お礼を言って二人でテントを出たが、「ちょっと待ってて」と言って立花さんが再びテントの中に戻る。出てきたときに持っていた絵がなかった。「絵は？」と聞くと、「ないしょ」と言われた。

そのとき、紙芝居の絵の話が途中だったことを思い出した。

(後で似顔絵を取りに来たときに話の続きをすればいいか)


「でっ、何で制服?」

前を歩く立花さんはいつもの制服。でも今日は日曜日だ。先ほどの絵も制服姿だったので、最初は前に描かれたものだと思ったけど、今日描かれたものらしい。

「あれ、言わなかった?」

立花さんは美術同好会に入っている。活動実績が認められると部活動に昇格するらしい。そのため、時々、作品制作の他に、その発表の場としてコンクールやイベントにも参加しているという。今日はそうした活動の一環として、このイベントに参加しているとのこと。それで、他の部員、いやまだ部じゃないから会員と一緒に来て、朝からイベントの準備にも参加し、運営を手伝っているらしい。

以前、「作品を今度見せてね」と言ったら、「そのうちね」と言われてそのままになっていたことを思い出した。

「十一時まで受付にいたんだ。はい、これ」

会場案内のリーフレットを手渡された。表にイベント内容やらステージ発表のプログラムなどが書かれている。かわいいイラストも一緒に描かれていて楽しい。裏面には会場図が絵地図のように描かれていて、こちらも見ていて飽きないし、思わず迷路をたどるように見入ってしまう。

「へー、すごいね。おもしろい」

思わず言うと、「そうでしょう」と得意そうだ。なんとこのリーフレットは、美術同好会の制作だという。みんなで頑張って、何とか間に合わせた力作らしい。

「大事に取っておいてね」

なぜか意味ありげに強調された。もちろん、そうするつもりだ。案内や地図だから手に持っていて見るものだとは思ったけど、丁寧にたたんでカバンにしまった。

どこに行くのかなと思ったら、待ち合わせ場所の駅前案内所の前に来た。くるりと振り返ると、「どうぞ」と入口を指す。

案内所には一度だけ入ったことがある。入ってすぐに受付カウンター、その横が観光案内所のようになっていて、観光案内のパンフレットやイベントのリーフレットが置いてある。休憩できるようなイスもある。壁にはポスターが貼ってあって、パネルにもいろいろな催しの案内が貼ってある。時々、写真展や絵画展のようなイベントが行われたり、簡単な小物づくり教室や講演会が行われたりする多目的スペースとしても利用される。

入口にひときわ華やかな色彩で「駅前美術館特別作品展」と書かれた看板が立てられている。

「この看板もいいでしょう。今回のために作ったんだよ」

参加団体を募って、ここで作品展をやっているらしい。その中に美術同好会も入っているそうだ。

スペースの割り当てはパネル一枚。そこに各自の作品を展示してあるらしい。そのため、作品は各自一点に限るということになった。迷った末に、これにしたという。

「さて、私のはどれでしょう」

「名前が書いてあるからわかるよ」と言いながら、作品を観ていく。

すぐわかった、名前を見る前に。大げさに聞こえるかもしれないけど、そこにスポットライトの光があたっているように見えた。

「いいね、これ」

「でしょう」

今日、何度目かの得意顔。とてもうれしそうな顔。思わず見とれそうになり、目をそらしてしまう。

「あの日の夜、一気に描いたんだよね」

光が降り注ぐような背景に、自転車をこぐ男子高校生の後ろ姿。その後を追う女子高校生。優しい色づかいで、光と風が感じられる。すーっと引き込まれてしまう感じ。心地よい感じの絵。ずっと見ていられるよう。

青空が夕焼け空に移り変わっていく中、二人が自転車で駅に急いだあの日のこと。

「顔が見えないけど」

照れ隠しにつぶやくと、立花さんが笑顔で言う。

「だって、あのときはまだ、どんな顔かよくわからなかったし」

「だから、後ろ姿」

確かに第一印象は薄いもんなと思った。

「いろいろな顔を見せたでしょ。なんだよ、こいつって顔。やっかいごとにはかかわりませんって顔。大丈夫か、こいつって顔。心配そうな顔。何とかしてやろうという顔。もしかしたら優しい人なのかもしれないって思わせる顔。よくわかんなかった。だけど、この人は信用できるって感じたんだよね。それを描いたのが、この背中」

「それで、背中を任せたんだよ」と冗談っぽく言う。戦いで敵に後ろを取られると、やられてしまう。

(後ろを守る、後ろに立つのは信頼できる味方ということか。戦いに行ったわけじゃないし、別に後ろを守っていたわけじゃないけど。頼りにされていたなら、うれしい)

確かに、駅に行くとき、後ろをついて行った。途中で、自転車の前後が入れ替わったり、ちょっとだけ横に並んで話をしたりしたけど、基本は後ろを追いかけていたような気がする。

「あれは、単に駅に行くのに急いでいただけじゃないの。スピード出しすぎ。後方確認なしだったよ」

「あっ、やっぱり、そう思う？　あのときは自分のことしか考えてなかったよね。一緒に来てくれてうれしかったのは本当」

そして真面目な顔で、

「あんな危ない運転はやってはいけないって、あの後、反省したよ。今は安全運転している。朝、遅れそうなとき以外は」

最後の一言で一気に心配が戻ってきた。「それは心配だな。お互いに気をつけよう」と再確認する。特に忙しい朝は。

「でもそれじゃ、この絵は逆なんじゃない？」

と聞くと、「信頼して後ろについて行った場面だよ」と言う。

「信頼の背中だから」

そう言われて正直うれしい。

「でも、このときは、単に疲れて、スピードダウンしただけじゃない」

「あっ、やっぱりわかった。さすが」

立花さんが笑う。

まぁ、どっちでもいいけど。どっちにしても、この絵はいい絵だ。

「この絵を選んでくれて、ありがとう」

一瞬、間を置いてから、立花さんが絵を見ながら言う。

「いろいろ描いてきたけど、なんかこの絵がいいと思ったんだよね。それに、作品をいつか見せるって言ってたし。やっぱり、最初に見せるのは自信作をと思って」

結局、この絵にした。

「いい絵だと思う」

「でしょう」

立花さんが得意そうに、そして、満足そうに微笑む。優しい笑顔だ。

「次のステージ発表はこばと幼稚園のみなさんによる和太鼓演奏です」

舞台進行の司会者がアナウンスをしている。女性の司会者の声は穏やかで、心地よく会場に響き渡る。

「次はステージ発表だよ」という立花さんに連れられて、ステージ前の観客席のイスに座ったところだった。

「こばと幼稚園ってダイスケ君のとこだね」

「そうそう」とうなずく。

「これは絶対に聞かないとね。みんな、練習、すごい頑張ってたみたい。特にダイスケ君は張り切っていたってお父さんが言ってたよ」

立花さんのお父さんはこばと幼稚園の先生だ。

＊

ダイスケ君は電車でM駅まで来て、駅に迎えに来ている幼稚園のマイクロバスに乗って通園している。金曜日の朝、電車で会ったときのことを思い出した。

「今度ね、太鼓をやるんだ。僕が真ん中」

「センターなんて、すごいね」

そう言うとうれしそうに続ける。

「絶対来てね」

「もちろん、行くよ」

「今度までに、時間と場所を聞いておくね」

ダイスケ君は電車を降りると、「またね」と言って元気に走って行ってしまう。

そのときは、まだ先のことだと思っていた。今度会ったときに日時や場所を教えてくれるような感じだったし、聞こうとも思っていた。

＊

演奏が始まった。二十人が二列に並び、その前列七人の真ん中がダイスケ君だ。真剣な表情で見事なばちさばきを見せている。曲名は聞き逃してしまったけど、見事に二曲を演奏した。

とてもよかった。会場は拍手に包まれた。もちろん、立花さんと一緒に思いっきり手をたたいた。

「すごかったね。頑張ったね」

立花さんも感動している様子。

司会者の人が、舞台に上がって子どもたちを讃えている。どうやら、演奏をした感想をインタビューするらしい。

「和太鼓の演奏、とても素晴らしかったですね。練習、大変じゃなかった？」

マイクを向けられた子が恥ずかしそうにして、「大変だったけど頑張った」と小声で答えている。拍手が鳴り響く。

次にマイクを向けられたのはダイスケ君。「今日の演奏はどうでしたか」と聞かれて、元気よく「気持ちよく叩いた」と答える。またしても大きな拍手が起こる。その拍手が鳴りやまないうちに、ダイスケ君が続けて言う。

「でもね、謝らなければならないことがあるの。今日の和太鼓を楽しみにしてくれていた高校生のお兄ちゃんに、時間と場所を教える約束をしてたの。でも伝えられなかったの。ごめんなさい」

「昨日は土曜日だけど特別練習があったので、ダイスケ君は朝の電車で、今日のことを伝えるつもりだったみたい」

立花さんがそう教えてくれる。

「お父さんが、『ダイスケ君、お兄ちゃんに会えなかったって言って、しょんぼりしていた』って言ってたから。もしかしたらと思ったんだけど、やっぱりあなたのこと」

立花さんが言った。

そうだったんだ、と納得した。ダイスケ君が「今度」と言ったのは、本当に次の日の朝だったのだ。しかし、昨日は土曜日で学校が休みなので、電車に乗っていなかった。金曜日に「今度教えるね」というのは土曜日の朝のことだった。前日に伝えれば、今日の演奏に来ることができる。でも僕は月曜日に教えてもらえるのかなと勝手に思い込んでいた。

それがわかった瞬間、立ち上がって大きく手を振っていた。そして、大声で言う。

「ダイスケ君、とてもよかったぞ！」

立花さんも隣で立ち上がって、笑顔で手を振ってくれている。

ダイスケ君がこちらを見て、「あっ、お兄ちゃん」と言って、手を振ってくれた。

うれしそうでもあり、ちょっと恥ずかしそうでもある。マイクに向かって、会場にいる人たちに実にしっかりと、「聞いてくれてありがとうございました」と言ってお辞儀をした。

「よかったね」と立花さんが言う。

「ありがとう」

このこともあって、今日のイベントに誘ってくれたのかもしれない。

「どういたしまして」

ちょっとおどけて言う。

（今日はサプライズが多すぎるぞ）

そう言おうと思ったけど、それは心の声にしておく。

「抽選会を行います」という場内アナウンスが聞こえてきた。にぎわいは続いている。

「どこでやるんだろう」

通りがかった人たちが話している。ステージ上から司会者の元気な声が聞こえてくる。

「みなさん、お持たせしました。抽選会の時間が始まります。この後、イベント終了までがなんと抽選会です。リーフレットをご覧ください。当選者は……」

と司会者が言ったところで、ファンファーレの音楽が流れる。

「OK！　アルファベットのOに、Kと書いてある人が当選です」

会場が一瞬静かになった。その瞬間、多くの人がリーフレットに目を凝らしていたに違いない。しかし、誰も声を上げない。あちらこちらで、「どこに書いてあるの？」という声が聞こえる。

「わかるかな、名探偵君」

立花さんがいたずらっ子のような笑顔で聞いてくる。「もしかして、わかるの？」と聞くと、「もちろん！」と答える。

「このリーフレットは私たちが作ったんだからね」

意味ありげに笑う。

「ヒントは『透かしてみよう』かな」

リズムよく歌うように言う。

（リーフレットに透かしが入っているってこと？）

とりあえずやってみる。

表の文字と絵が裏側の文字と絵と重なり合って、なんだかよくわからない。少なくとも透かしが入っている気配はないと思った。

残念、はずれか、と思って会場に目を戻すと、同じように太陽などに向け透かしている人が何人もいる。水道まで行ったのか、水にぬらしてきた人もいる。「ぬらすと浮き出るかと思ったんだけどな」と言っている。ライターであぶっている人もいる。

司会者が慌てて言う。

「飲食店の調理以外は火気厳禁です。火は使用しないでください。あぶり出しではありません」

ちょっとした騒ぎが起こったものの、みんな楽しそうに悩んでいる。

結局、まだ誰も名乗り出ない。

（当選者なしっていう結果だったりして）

司会者が言う。

「賞品はお楽しみ袋です。当選者はイベント終了前に案内所横の賞品受渡所に来てください。先着百十五名です」

何か中途半端な気がした。すかさず司会者が説明する。

「百十五は、1、1、5、ですよね。ずばり『いいこ』に賞品を出します。では、ここでヒントです」

司会者が『手のひらを太陽に』を歌い出す。立花さんが吹き出している。

しかし、もうすでに多くの人が太陽に透かして見ている。でも誰も「やった！　当たった！」と騒いでいない。当選者はいまだゼロ。半分くらいの人はもう抽選会には無関心のようだ。

「では、ここで第二ヒント。星を探そう！」

これに対して、あちらこちらから手が上がった。「あった！　あった！」と騒いでいる。司会者がにっこりと笑って、

「星を見つけた人はラッキーです。きっといいことがありますよ」

と言っている。しかし星を見つけただけでは正解ではないらしい。隣に居合わせた少年が、「俺なんか星を二つも見つけたのにな」と言っている。その横にいる友達は「僕は二種類の星を見つけたよ」と言っている。

「いよいよ第三ヒントです。星と星をつなげよう。さて、ＯＫが見つかった人は、賞品をゲットしよう」

ここまでくると、正解があるんだか、当たりのリーフレットがあるんだか、疑わしい気がしてきた。

そんなとき、「わかった！」という声が上がった。ステージの前で、若い男の人が手を上げている。司会者が場を盛り上げようとしたのか、その人をステージ上に呼んで、答えを聞く。男の人はリーフレットを示して、

「この星とこの星の印を線でつないで線を引く。これがＫの縦棒、そこからリーフレットのコーナーに向けて線を引く。Ｋの出来上がり。リーフレットの半分にはステージとその前に観客席部分が描かれている。それをぐるっと取り囲むように線が引かれている。これがＯだ」

確かにOKが現れている。

「確かにOKが描いてあります」

これが正解かと思ったら、「これなら全員正解で抽選会じゃないんじゃない」という声が聞こえてくる。その声を聞いた司会者が笑顔で答える。

「その通りです。これが正解ではありません。でも、特別賞です。よく考えてくれました」

そう言って、特別賞と書かれた小袋を渡した。

「中身は開けてのお楽しみです。他の賞品と同じく、中身はいろいろです」

司会者は続けて尋ねる。

「実は特別賞は五つ用意してあります」

長机が運ばれてくる。その上に特別賞と書かれた小袋が四つ並んでいる。

「ハイハイ」

男の子が手を上げている。ステージ上に呼ばれると、男の子がリーフレットを広げる。

「ここに丸があるよ。そして、こっちに数字の『1』とひらがなの『く』がある」

「確かに、このステージの形は丸で、O《オー》ですね。このテントの並んだ線は数字の1ですね。そして、受付場所のテントの屋根は三角でくの字に見えます。特別賞に決定！」

「ええっ、正解じゃないの？」

男の子は不満そうだ。でも、うれしそうに特別賞の小袋を受け取っている。

「もう一回考えてくるね」

元気よくステージから下りて行く。

その後も珍解答、迷解答が続き、会場を和ませている。

「抽選会の実況中継はここまでにします。この後は、賞品受渡所までお願いします」

と司会者は締めくくる。次のステージ発表が始まるようだ。

「ヒントは透かすこと。星を探すこと。そして、星と星とをつなげること」

どういうことだろう。独り言のように言っていたら、立花さんにからかわれた。

「いつになく悩んでいるね、名探偵君」

「ステージでの特別賞を見ていたら、何でもありのような気もしてきた」

理由が言えれば、説明がつけば、それこそOKのような感じ。

「実はね、抽選会は番号で当選者を決める予定だったの」

立花さんが「ここだけの話ね」と言って教えてくれた。

＊

「どうしよう！」

突然、悲鳴のような声が聞こえた。受付の奥でイベント担当の市役所のスタッフさんが慌てている。

受付開始から三十分くらいして、いよいよイベントの開会セレモニーが始まろうとしている。お客さんもステージ前の観客席がほぼ埋まるくらいになっている。

何だろうと来場者に笑顔でリーフレットを手渡しながら、後ろの様子に聞き耳を立てた。

「もう配ってるし、抽選会はなしでいいんじゃない」

別の男性のスタッフが言っている。先ほど声を上げたと思われる女性スタッフは困り顔というよりは、もはや泣き顔で訴える。

「でも、リーフレットに大抽選会って書いてありますよ。それに、各参加団体には賞品を用意してもらってありますよ」

そして「どうしよう」と涙声で言う。

「どうしたの？」

カジュアルな装いなのに、華やかで凛とした雰囲気の女性が話に入ってきた。

今日の司会者の人だ。男性スタッフが説明をしようとするのをさえぎって、女性スタッフが「私の責任です」と話し始める。

聞こえてきたのは、リーフレットには本来、抽選番号をナンバリングで押しておくことになっていた。その番号で当選者を決めるはずだった。ナンバリングしておけば来場者数もすぐわかる。配布したリーフレットの数だけ人が来ていることになる。

「私が手の空いているボランティアさんたちと準備しようと思っていて」

女性スタッフが言うのを受けて、男性スタッフも事情を説明する。

ここ数日、直前の準備に追われていて、空いている時間なんて誰もなかったし、リーフレットも一昨日届いたので、内容チェックをした後は、すぐに出して配れるように受付物品の荷物にまとめられていたという。みんな、リーフレットの出来のよさに喜んで、抽選番号のナンバリングをすっかり忘れてしまったのだ。

「いいよね、今回のリーフレット。もらうとうれしいし、見てると楽しい。抽選番号を押すのももったいない感じだものね。このままでいいんじゃない」

そんなやり取りを聞きながら、立花さんはそのとき、ちょっと責任を感じていたという。

本当にいいリーフレットができたと思う。そのために妥協せずに頑張ったのは事実。でも、時間がかかってしまった。イベント一週間前までが、最初のリーフレットを届ける納期だったが、無理を言ってぎりぎりまで待ってもらった。そのことが、直前の忙しさ、準備の時間がなくなってしまったことに影響していないとは言えない。何とかできないかな、と考える。

「あの……そのリーフレットの制作に関わった美術同好会の者ですが……」

恐る恐る声をかける。一斉に、そこにいた人たちの視線を集める。

「このリーフレットを使って、抽選会のようなことができるかもしれません。このリーフレット、実は二種類あるんです。それを使えば、片方のリーフレットを当選みたいにして賞品を贈呈ってできるかなって思います」

「もっと詳しく教えて」

司会者の人が笑顔で聞いてくる。

「これとこれのどこが違うかわからないなぁ」と二枚のリーフレットを早くも見比べている男性スタッフさん。女性スタッフものぞきこみながら「同じに見えるけど」と言っている。

「あっ、それとそれは同じです」

打ち合わせで使ったものは当然同じもの。「これです」と手渡すと、司会者の人も一緒になって見比べている。

「同じじゃないの?」

男性スタッフさんが言う。

「そういうこと、なるほどね」

さすが司会者さん、わかったようだ。

「二種類あって、これとこれは違うって言われなければわからなかったけど。で、これをどんなふうに使うわけ」

司会者さんが聞いてくる。立花さんが説明する。いつの間にかミーティングが始まっていた。

「うん、それでいけそうね。舞台進行は任せてね。アドリブで頑張るから」

司会者さんがかわいくガッツポーズを決める。

「ユウコさん、スタンバイお願いします」

ステージ脇から大きな声がかかる。司会者さんはユウコさんという名前だとわかった。

「リーフレットの秘密、おもしろくなりそうね」

＊

「朝一番で受付当番って、大変だったね」と言うと、「結構おもしろかった」という立花さん。さすがだ、何でも楽しんでしまう。さっきもステージ袖のテントで、司会者の人やスタッフさんと何やら話し込んでいたのも、その件についてかも知れない。

「でもね、ほんと、ユウコさんはすごいよ。こんなふうにステージを仕切っちゃうんだから。いったい何者って感じ」

それを聞いて思う。

（その言葉、そのままお返しします。立花さんもそんな感じだから）


「さて、謎は解けるかな」

「このリーフレットは当たりかはずれかわかるの？」

「それは当たりだよ」

「当たりはＯＫが描かれているんだよね」

（いったいどこに……）

立花さんが「スペシャルヒント！」と言って、

「実は全部のリーフレットにＯＫは隠されています。星のつなぎ方で出たり出なかったりします。わかったかな？　星は何種類かあるけど、どれも会場図の周辺部分に描かれている。同じ星をつなぐと……」

そのとき、線が見えた。

（そういうことか！）

星をつなぐ線を見つける。それは同じ星を結ぶラインに隠されている。同じ星を探すことになる。そしてそのラインでリーフレットを折る。

それを太陽に向けてみると、大きな◯としっかりとした縦、斜めのラインが浮かび上がる。くっきりＯＫの文字。ステージを表していた円がＯの字を描き、テントの配列ラインと表のプログラムの欄の飾りとして描かれている掲示板のラインが重なり、つながり、Ｋの字をつくっている。

「正解です」

立花さんがパチパチと小さく拍手してくれる。

「賞品をもらいに行きましょう」

「あっ、いいなぁ」

賞品受渡所から出てくると、男の子が寄ってきた。「答え、わかったの」と聞いてくる。教えてほしそうな感じだ。

「何人かの人が入っていったけど、みんな特別賞って言われてた」

それで正解の人を待ち伏せしていたらしい。

「すごいな、お兄ちゃんたち」

見上げる目で「教えて」と訴えている。立花さんが笑顔で「教えてあげたら」と言う。いいのかなと思いつつも、説明しながらリーフレットを折らせる。太陽に透かして見る。「よくわかんないや」と言う。立花さんが自分のリーフレットを渡して、「こっちでやってみて」と言う。

男の子がリーフレットを折って、太陽に向ける。

「おおっ、ＯＫだ！」

大きな声で言った。周りの人が一斉に男の子を見る。男の子はさっとリーフレットを隠す。「ありがとう」と言って、賞品受渡所に走って行った。

カランカラン。福引の景品交換所でよく鳴らされるような鐘の音が響き渡る。

大人も子どもも集まってくる。賞品受渡所から出てきた男の子の周りに子どもたちが群がっている。

「いいな、いいな。教えろよ。どうやんの」

にぎやかだ。男の子が得意そうに「星と星をつなげて折るんだ」と言っている。

立花さんを見る。

「教えちゃったけど」

「いいんじゃない。これで賞品も配れるし、みんながちょっとしたごほうびをもらえて。中身は開けてみてのお楽しみだけど」

子どもたちを優しく見つめながら、柔らかな笑顔で話す。ちょっと見とれた。

「美術同好会の片付けを手伝ってくるね」という立花さんを待っていると、案内所の外にある掲示板に目がいった。いろいろな催し物がポスターやチラシで掲示してある。このイベントのポスターも貼ってある。

（あれ、これも今日あるの）

駅前広場のイベントポスターと並んで貼られているポスターを見て、これだと思った。これこそサプライズ返しだ。

「お待たせ」

二人で似顔絵を取りに行く。午前中に描いてもらった絵はどんな仕上がりになっているだろうか。テントの前はまだ三人ほどが並んでいる。似顔絵の飾ってあるパネルが一枚から二枚になっている。

「あった」

立花さんが声を上げる。一枚目のパネルの一番上に立花さんの絵がある。

「わぁ、いい感じ」

なんと背景に映り込んでいる人がいる。確か最初のときは描いてなかった人物。立花さんを後ろからはにかんだ笑顔で見ている男子高校生。

（これって……）

立花さんが絵とこちらを交互に見て、そっくりと言っている。

（いつの間に……あのとき、頼んだのか）

「こっちもいいね」

その横の絵を見る。見慣れた顔が描かれている。

（こんないい笑顔してるかな。えっ、ここにも）

背景に立花さんが笑顔で描かれている。

「私、別に頼んでないよ」

「えっ、なら何で……」

でも、うれしくてにっこりしてしまった。ちょうど仕上がった絵を飾りに来た大学生が笑いながら言う。

「これ、特別サービス」

改めてお礼を言って絵を受け取る。

「そっちのがいいな」

突然、立花さんが言う。何て言ったらいいかわからずに、無言で差し出す。

「えっ、いいの。じゃ、お礼にこれを」

立花さんが自分の似顔絵を差し出す。「えっ、いいの」と言ってしまった。立花さんははにかみながらうなずいた。

その後、ステージでの閉会セレモニーを見て、今日のイベントは幕を下ろす。「本日はありがとうございました」というアナウンスが会場に流れている。

＊

駅舎に入ると、改札に向かう。

「楽しかったね。いろいろあって、おもしろかったね」

楽しそうに話す立花さんと一緒に歩く。改札の前で立ち止まる。

「今日は楽しかったね。じゃ、またね」

と言う立花さんに「送っていく」と言うとうれしそうに笑った。

ホームに上がると、いつもは朝に立つホームに今日は夕方いるんだと、ちょっと不思議な感覚がした。朝のホームと夕方のホーム。同じホームなのに、雰囲気はまるで違う。

電車を待つ間、変わりゆく空の色が話題になった。青空が黄色から赤に変わる夕焼け空に、そしてそれが青みを帯びた紫色に変わっていく。

「空色って、どんな色なんだろう」

立花さんが言う。

朝の空色は白から水色に、青空は青、夕焼け空は黄色から赤に、そして夕空は淡い紫から濃い紫へ、さらに濃い青へと変わり、濃紺の夜空となる。一日の中でも次々に変わっていく。

「不思議だね。でも、いろいろな色があふれているのって楽しいね」

いろいろな空の色。どの色も、そのときの空を表している。それは、きっとそのときの空の様子をしっかりと伝えてくれるもの。いろいろな空の表情を色が表し、伝えてくれる。

まるで、人の気持ちのように。人の気持ちは見えないけれど、表情や言動で現れるように。

人によって思うこと、感じることは違うし、一日の中でも人の気持ちは移り変わるのだろう。行ったり来たり、何かを決断したり、大きくも小さくも揺れ動く。

空の色が移り変わるように。自分の気持ちがうまく理解できて、それがいいなと思えると、穏やかな、優しい気持ちでいられるのかもしれない。

(自分を知るなんて言い方もできるのかな。そうしたことが自分にできると、今度はそれを他の人に接するときにもそうありたいと思い、そうできるようになっていくのかな)

それはみんながお互いを思いやるということ。

いろいろな色がある空を改めていいなと感じる。そしていろいろな人が支え合ってつくり上げた今日のイベントがいいなって改めて感じた。人だけでなく、一つ一つの出来事が、本当に今日を彩るように思えた。いろいろな色があって楽しかった。

そんな思いにとらわれていた。立花さんやいろいろな人に支えられた一日だった。いつもの駅のホームに立っている。この時間の駅は、人に一日の振り返りをさせてくれる雰囲気がある。

駅は多くの人が行き交う場所。いろいろな思いが集まり、いろいろな出会いがある。人と人との出会いが、いろいろな出来事をつくり出し、つないでいく。

電車が来た。窓際に横に設置されたベンチシートだ。並んでシートに座る。正面の窓から紫から濃い青に変わった空がよく見える。時計を見た。

(もう少しだ)

電車が走り出して十分ほどすると、ドンという音が聞こえてきた。

「今日のささやかなお礼です」

ちょっとおどけて言ってみた。

「えっ？　何？」

驚く立花さんの正面、車窓には鮮やかな色が差し込むように広がる。

「花火だ！」

立花さんが興奮したように言う。「すごい！　きれい！」と言ってちょっとはしゃぐ。とっても楽しそうだ。

「すごいサプライズだね。このタイミングで花火なんて。まるで魔法。いつもは探偵君だけど、突然、魔法使いになったみたい。素敵な魔法をありがとう」

「どういたしまして」

二人で顔を見合わせて笑った。

花火は河川敷で上げられている。だんだんと遠くなっていく花火を見ながら、周りが夜空色に染まっていくのを感じる。

ひときわ大きな花火が打ち上げられた。夜空いっぱいに光の花が咲いた。見る人の心を温めるような柔らかな光が夜空に広がる。

明日も頑張ろうと思えるような日曜日。

思い出いっぱいの一日。

8 消えたカバンの謎

時は少しさかのぼる。

*

「電車でもよかったんだけど」

助手席で今日の予定表を見ながら言った。

「いいじゃない。駅からはちょっと離れているし」

運転席で母親が楽しそうに言う。

「本当は式にも出たいくらい。生徒だけでというのもつまらないわよね」

今日は入学式。

高校の入学式も、保護者が出席するところも多いらしい。入学式の後に保護者会やクラス懇談会やらあるから。そのため、大抵の場合、保護者の車で一緒にということになる。

ところが僕が入学するM高校は、入学式は生徒だけだ。それも県立の文化会館ホールで行う。いかにも式典が挙行されるという感じ。入学人数が多いのがその理由。以前は保護者も会場に入れたらしいけど、限られた座席数では立ち見のような人も出てきて、生徒の座席横の通路まで人が並んでしまい、やむなく制限がかかったという。防災上も規制があったとのこと。

そんなわけで、今日の予定表の最後に「保護者の方へ」として書いてある。毎年、なぜ参列できないのか問い合わせが殺到するので、書面にて出しているらしい。

高校生なんだから、保護者と一緒でなくてもいいよと個人的には思う。世間的にはなかなかそうもいかないようだ。何かあるとすぐクレームがくるから、学校としては大変らしい。本人と保護者に伝えておかないと後で面倒くさいことになることもあるという。法律が改正され、十八歳で成人とはなったものの、入学時は未成年だから、何かのときには保護者の承諾が必要だという。

（でも、三年生になって、十八歳になったら、どうなるんだろう。もう保護者じゃないんだよね。どういう扱いになるのかなぁ。成人した後の身元保証をしてくれたり、何かの際に助けてくれたりする人は保証人というらしいけど）

四月最初の登校は学校ではなく県立文化会館ホール。いよいよ高校生活がスタートする。ちょっと緊張するけど、まぁ何とかなるかなと思う。

交差点を曲がると、大きな建物が見えてきた。駐車場が見えてくる。案外すいているかもと思ったら、そこはM市の行政センターだった。文化会館はこの先と母親が教えてくれた。

間もなく、やはり渋滞。駐車場手前から車がつまっている。「車での送迎は駐車場で行ってください」と今日の案内の諸注意に書かれている。

「送迎だけのはずなのに、結構混んでるね」

母親がつぶやく。何で駐車場に入るのに時間がかかるんだろうと思った。駐車場内が見えてくると、すでに車がぎっしりと停まっている。

「車が停まっているけど……保護者は会場に入れないよね」

母親が言う。

「車の中で待っているわけでもないみたいだよ」

僕も車の列を見ながら言う。確かに車を停めて、みんな降りている。何で、どこへと思いながら、渋滞は駐車場の入口に向かう。

「そういうことか」

「どういうこと？」

母親が聞いてくる。入学式の案内状に「送迎のために車で来場する場合は、受付に書類を提出する人以外は乗降場所で生徒を降ろしたら、そのまま駐車場を通り抜けること」となっている。原則として駐車はできない。但し、書類提出という用事があれば駐車が可となる。

「きっと書類提出で受付に行く人が車を停めているんだ」

そして、そのついでに入口前の入学式の立て看板前で記念写真を撮っているのかも。

なぜなら、駐車場の入口から何かを待っている行列が見える。

「えっ、あの行列って写真撮影のために並んでいるの！」

驚いたように母親が言った。

「それなら、書類郵送のとき、出さない書類をつくっておいて今日出せば、車を停められたのに」

とくやしそうに言う。何やらよからぬことを考えている。でも、すぐに
「そんなことしても、あの列に並ぶのは大変だよね。入学式前に疲れてしまいそう。入学式の写真は撮りたかったけど」

残念そうに言う。

「入学式の後で、看板前で撮っておくよ」

そう言うと、「うん、そうしてね」と母親は微笑んだ。

駐車場に入ると、案内の人が所々にいて誘導してくれた。えっ、どこまで行くのって思うくらい進んで、「ここで降りてください」と言われた。

（文化会館の入口はどっちだ）

とにかく車を降りないと、後ろがつまっている。

「いってらっしゃい。気をつけてね。頑張ってね」

車から降りるときに母親が笑顔で、元気よく言った。何かほっとする。

「行ってくる」

ちょっと緊張した声で答えた。

母親の車を見送り、歩き出す。さてと、入口はどっちだ。


「おはようございます」

誘導をしてくれている人に挨拶をする。挨拶を返してくれる。「入口はどちらですか」と聞く。歩行者用通路をまっすぐ行くと案内の矢印があるとのこと。お礼を言って通路を進む。建物に突き当たったところに玄関の表示と矢印がある。建物をぐるっと回り込むようだ。指示に従って進む。玄関があった。

（ここからでいいのかな。あの行列ができていたところとは違うけど）

同じように歩いてきた新入生らしき人たちも一瞬立ち止まり、玄関から中に入っていく。

よし、行くぞ、と心の中で言って、勢いをつけて玄関に入る。

入ったところは静かだった。前を行く新入生を追いかけるかたちになる。

受付という表示が出ている。まずは受付に行こうと進むにつれて、人のざわめきが聞こえてくる。突き当たりの右に階段がある。上から話し声が聞こえる。階段は反対側からも上がれるようになっていて、踊り場で合流する。ちょうど入ってきた玄関の反対側にも入口があるようだ。

階段を上がると、広い空間がある。正面に受付が見える。受付に向かいながら振り返ると、大きなエントランスがあり、ここが正面玄関のようだ。続々と人が入ってくる。その外に階段があり、あの列ができていたエントランス前の広場になっているんだろう。

受付で、名前を伝えると、本日の式次第などが入った封筒を渡された。「式次第の裏側に会場図があるので座席を確認してください」と言われた。

式次第を出して、座席を確認する。ホールの座席の他に、ホール横の控室のところに荷物置き場と書かれている。控室は三か所あるらしい。クラスごとに指定されている。貴重品は自分で管理と書いてある。

ホールは一階、二階を吹き抜けで斜めにつくられている。控室はそれぞれの階に一か所ずつある。三階部分はホールの後ろの出入口の廊下の先にあり、その下の階にそれぞれ控室がある。

クラスは8組。座席はほぼ中央。控室は二階だ。

（控室にはどう行くのかな。階段を上がったのだから、ここって二階だよね。それじゃ、このフロアの控室でいいのかな）

人の流れに従って動いていくと、みな、受付の後ろにあるホールに入っていく。ホールの入口で先生らしき人が案内をしてくれている。

「ホールに入って座席を確認したら、向こう側の出入口から出て控室に行って荷物を置いてきてください」

なるほど、反対側に控室があるらしい。ホールに入る。すでに席に座っている人も多い。座席を確認。控室に向かう。

ホール中央の通路で前部と後部の座席に分かれている。その通路を横切るように行くとステージ下手《しもて》側の中央出入口がある。そこから出る。出たところは、少し広い廊下。その正面に控室がある。ドアが開いていて、その前に案内の人がいる。

挨拶をして入る。「クラス表示の机の上に荷物を置いてね」と言われた。

（若い女の人だけど、先生かな。いや、ネームホルダーを首から下げているから、文化会館の人かもしれない。先生って、あまりこういうのしてないよね）

控室の中は、寄せられた机がコの字に配置されている。先に入った男子生徒がきょろきょろしている。クラスの場所はどこって感じ。確かにクラス表示がすぐにわかるのは入ってすぐの机の上に貼られた5組だけ。

「クラスの場所ってわかる？」

突然、話しかけられた。

「何組ですか？」

その男子生徒は7組と答えた。

「それじゃ、ここですよ」

正面の机は二つの置き場スペースになるように机が寄せられている。右側が6組で、左側が7組だ。カバンが置いてあるので、クラス表示が隠されてしまったらしい。

「そうか。なるほどね」

男子生徒は正面左側の机の上にカバンを置いて、「ありがとう」と言って控室から出て行った。

改めて室内を見回す。右手から5組。中央正面から左手に進んで、出入口入ってすぐ左が8組のスペースになっている。カバンを置いて控室を出る。

入口の文化会館の人にクラス表示が見えなくなっていることを伝えた。

「そうだね。カバンが置いてあると見えないよね」

そして「どうしようか」とつぶやいたので、思わず、「机の上じゃなくて、机の前に下げて貼っておくといいんじゃないでしょうか」と答えてしまう。

「そうだね。そうしよう」

「ありがとう」と言いながら、案内の人は控室に入っていく。おせっかいだったかなと思いつつ、ホールへと戻ろうとしたら、後ろから声をかけられた。

「ねぇ、君、ちょっと手伝ってくれる？」

この状況でいやとは言えないよなと思いながら控室に戻る。

（文化会館の人ってフレンドリーなのか、人づかいが荒いのか、普通は来場者に仕事を頼まないんじゃないかな）

控室の手伝いを済ませてからホールに戻ると、改めて自分の席を確認して座った。まだ周りの席は空いているところが目立つ。ホール全体では半分くらいだろうか。

（まだ、五十分くらい前だからこんなものかな）

ホールへの人の出入りやステージ上の準備の様子を見ていると、案外飽きない。人のことは言えないけど、ホールに入ってくる新入生はみな同じような緊張感がある。でも控室に行って戻ってくると、なぜかちょっとリラックスしているように感じられる。最初にホールに入ったときは、初めての場所への第一歩という緊張感。次は、さっきいた場所、知ってる場所に戻ってきた安心感なのかもしれない。

（知っている、来たことがあるというだけで、不安が和らいだり、親しみを感じたり

することはあるのかも）

そんなことを考えながら、ホールの中の動きをながめている。

始まるまであと十分くらいのとき、ざわざわしていた会場も静かになった。

そんなところに勢いよく控室側のドアを開けて入ってきた男子がいた。みんなの視線を感じたのだろう。一瞬立ち止まり、それから慌てて周りをきょろきょろと見回している。座席表と座席を見比べて自分の席を探していたが見つけたらしい。

その男子が座るのを待っていたかのように、場内アナウンスが始まる。会場内でのマナーなどの諸注意、このあとの入学式の簡単な流れが説明された。アナウンスが終わると、会場内は一段と静かになった。


午後二時、正面の大きな幕、緞帳が上がる。入学式が始まる。

式典は淡々と進んでいく。厳粛に執り行われるというのはこんな感じだろうか。

入学許可のところでは、一人ひとりが呼名される。「返事をして立つように」と始まる前に説明があった。さすがにドキドキした。名前を呼ばれ、返事をして起立し、着席する。それだけなのに緊張して、動きがちょっとギクシャクしたように思う。

式辞や祝辞、新入生代表の誓いの言葉、校歌演奏などが続いて、入学式は無事終わった。

*

緞帳が下がり、ホール内の照明が少し明るくなる。「この後、学校からの連絡があります」というアナウンスが流れ、緞帳前の下手にスポットライトがあたる。そこに学年主任の先生が出てきて、「入学おめでとうございます」の挨拶に続けて今後の日程やらを説明してくれた。詳しいことは、受付で配付されている封筒の中に入っている資料をよく読むように、と言って説明は終わった。

「本日はこれで終了です」というアナウンスが終わると、会場内は明るくなり、あちらこちらで話し声が大きくなった。

一斉にみんなが動き出す。最初に向かうのは控室だ。ホールの出入口は早くも列になっている。

（少し待つかな）

帰りの電車まではまだ時間がある。同じように考えた生徒がいるようで、まだ座席に座っている人も結構いる。

時間があるので、封筒の中の資料を出してみる。その中に学校新聞があった。校長先生の挨拶が表紙一面に載っている。次のページから学校行事の様子が写真とともに説明されている。学年ごとのページもある。裏表紙は図書館だよりとして、先生方の推薦図書が載っている。本を紹介している欄にはその先生の似顔絵らしきイラストもある。その最後に「司書より」とあって、そこにもイラストがある。

（何かこの絵って、見たことあるような気がする）

見た瞬間にそう思った。

（どこでだろう？）

ホールを見回すと、もうほとんどの人が出たようだ。出入口も列になっていない。

（さて、行ってみようかな）

座席から立ち上がった。

ホールの出入口に向かうと、ちょうど下の座席のほうから上がってきた生徒と鉢合せになる。「どうぞ」と手で示す。相手も、どうもと言うように左手を上げて先に出入口から出る。その後に続きながら、この人は入学式直前に来た人かな、と思った。たぶん、そうだ。その生徒が同じ控室に向かっている。

（確か……入学式が始まる前、ステージ近くの出入口から入ってきたように思うけど）

控室に入っていくその生徒の後ろ姿を見ていたら、それ以上に何をしているんだろうという人影が目に入った。控室の横にある階段を壁に隠れるようにして見下ろしている後ろ姿。

（あれって、案内の人？）

その人が振り返った。目が合った。やっぱりそうだ。手招きする。

（えっ、何？）

近づいていくと、今度は控室からあの生徒が慌てたように出てくるのが見えた。その生徒が言うのと、案内の人が言うのが重なる。

「俺のカバンがないんだけど！」

「ちょっと一緒に来て！」

（な、なに、何が起こってる⁉）

二人の顔を交互に見て、女の人に視線を向けた。優先順位はこうなるよね。

＊

案内の人はずっと控室の前にいたわけではないらしい。式典が始まって、遅れてくる生徒がいないことを確認して、入口に鍵をかけておいたという。

そして、式典が終わる少し前に来て鍵を開けようとした。すると、控室から出てきた人がいたそうだ。作業服っぽい上着の男の人が手に何かを持って出てきて、そのまま行ってしまった。

鍵を締め忘れたのかもしれないと焦ったそうだ。

（手に持っていたものは？　慌ててポケットにしまったようにも見えたけど）

後を追って確かめようとしたとき、ホールのほうからざわめきが聞こえて、出入口の扉が開き、人が出てきてしまった。まずは、控室を開けて、カバンなどの荷物の返却と帰路の案内をしなければならない。やはり控室の鍵は開いていた。入口のドアを開け放ち中を見渡すが、特に鍵を締める前と変わったところはなさそうだった。

「荷物を取ったら、横の階段から一階に進んでください。気をつけてお帰りください」と言って送り出す。最初は大混雑といった感じだったが、すぐに一人、二人の出入りに変わる。物の十分もしないうちに、残っているカバンもわずかになった。なかなか取りに来ない生徒がいる。我々のことなので「すみません」と心の中で言う。

幸いなことに誰も何かなくなったとは言い出さない。

（なくなったものはない？　大丈夫かな？）

そう思いながら控室を出てホールのほうを見に行こうとしたところで、作業着の男の人が廊下を歩いてきて、階段を下りていったという。ちょうど、そこに居合わせてしまったらしい。そのとき、控室から「俺のカバンがない！」という生徒が出てきた。何というタイミングだろう。

＊

「面倒だから、二人とも来て！」

案内の人に急かされて、その勢いのままにその後に従う。案内の人は早足で歩きながら、先ほどの状況を早口で話す。

「じゃ、俺のカバンはその人が持っていったのか」

「それはないかな」

案内の人が自信をもって返す。

「君のカバンがポケットに入る大きさだったら別だけど」

そう笑いながら言った。

一階に下りると、あちらこちらにまだ入学生がいる。迎えを待っているのかもしれない。

「あっ、あそこ」

案内の人の声の先に男の人がいる。確かに作業服っぽい上着を着ている。声をかけるにはちょっと離れている。少し急ぐ。館内放送が何か言っている。

（えっ、どうしたの？）

その男の人が早足になる。

（追いかけていることに気づかれた？　逃げ出した？）

「ちょっと急ぐよ」

案内の人が声をかける。駆け足のようになっている。三人で後を追う。

作業服の男が突き当たりを左に曲がる。その後に続いて曲がると、廊下がまっすぐ延びている。

（消えた？）

誰もいない。向こう側の壁には窓がある。途中に遮るものはない。

（いったい作業服の男はどこへ行った？）

三人が突き当たりに到着したのは、その男が廊下を曲がったすぐ後。時間にすればおそらく一分もかからないくらい。向こうの壁にある窓から出るということができるかもしれないけど、時間的に三人に見られずに出るのは無理。そんな早業はできないと思う。

　この廊下は総合受付の裏側にあたる。普段はなかなかここまで来ることはなさそうだ。

「俺のカバンはどこへいったんだ」

　一緒にいた男子がぼやく。

「カバンをあの人が持っているかどうかはわからないけど……」

　案内の人が茫然としながら、

「いったいどこに行ったの？」

　つぶやくように言った。それを聞きながら廊下を改めて見渡す。

（そうか、そういうことかも）

　向こう側の窓に行くまでに、どうやら三つの部屋があるらしい。そのうちのどこかに入ったとすれば、廊下にいないことも説明できる。そもそも最初から、この場所に用がなければ来ないだろうから。

「今、問題なのは、あの男の人がどこに行ったかですよね」

そう言って問題点をはっきりさせる。「その通り」と案内の人が言ったとき、後ろから声がかかった。

「何かお探しですか?」

紺色の制服を着て、胸のプレートに「総合受付」とある女の人が不審そうに三人の後ろに立っている。案内の人が作業服を着た男の人について尋ねた。

(総合受付の人に聞いているってことは、この人は文化会館の人じゃなかったの? 学校の人? 先生? 確かに紺色の制服を着ていないし……この人は何者?)

「作業服を着ているスタッフは本日はいません」

施設点検や施設清掃の日には、一日中、スタッフの多くが作業服で過ごすが、開館日は通常、会館スタッフは制服で過ごす。イベントや式典などに出席の際は、状況に応じてスーツや礼服になることもあるという。

「控室から出てきたり、その際に何か持っていたりして、挙動不審に感じられたので」

ここまで追いかけてきて、問い質そうとしていたことを説明する。

「この角を曲がったら消えたんです」

総合受付の人はちょっと笑いながら、「見間違いではありませんか」と言う。人が消える話をそうそう信じられるものでもないだろう。でも実際に廊下にいなかったのは確か。この謎を解き明かそうとすれば、一つの答えに行きつく。それを確認しようと思った。

「廊下に沿って部屋がありますが、誰か中にいるんでしょうか」

三つの部屋のどこかに入ったのではないかというのが答えだ。そう考えるのが自然なことだろう。もしも、身を隠すのであれば、誰もいない部屋に入ると思う。そのためには、その部屋が使われていないこと。

三つの部屋は手前から会議室、応接室、館長室であるとのこと。ここからだとよく見えないが、各部屋のドア横の上のところにプレートの表示があるようだ。

「本日は会議室は使用されていません。応接室も現在は鍵がかかっていると思います」

応接室は、使用時に鍵を開けるので、使っていないときはドアに鍵がかかっているという。館長室は、館長がいるときは開いているが、不在のときはもちろん鍵がかかっているとのこと。今日は、館長さんはいるらしい。

「決まりだ。犯人は会議室にいる」

カバンを取り返す気満々の男子生徒が息巻いている。

（いつの間にか、作業服の人を犯人にしているよ。大丈夫かな、この人）

「事情はまだよくわかりませんが、会議室と応接室を確認すればいいでしょうか」

総合受付の人が会議室のドアを開ける。三人も続いて中に入る。

誰もいない。窓も閉まっている。近づいてみると窓の鍵もしっかりとかかっている。

会議室を出ると、応接室のドアを確かめる。鍵がかかっている。

館長室にいるとは思えないけどと言いながら、総合受付の人は館長室のドアをノックする。

「はい、どうぞ」

中から返事があり、ドアを開ける。「失礼します」と言って、総合受付の人が入っていく。どうやら、最初から館長さんに用事があって来たらしいと後でわかった。なんでもこの後、県庁での会議に行くことになっているそうだ。「失礼しました」と言って出てくる。

「館長は在室で、部屋の中は特に変わったところはありませんでしたよ」

さっき来たときは館長がいなかったので、本日の使用状況を確認し、すべての催し物が終了していたことから、館内放送で館長に部屋に戻るようにアナウンスをしてから再びここに来たとのこと。さっき来たときも館長室に不審な様子は見られなかった。

館長室の鍵が開いていたのが心配になったと言う。

（そう言えば、ここまで来るとき、確かに館内放送が流れていたな。そうか！　もしかしたら……）

作業服の男の人がどこに行ったのかわかったような気がする。


「もう控室に戻りましょう」

控室の案内をしていた、たぶん先生らしい女の人が言う。「これ以上ここにいてもしょうがないから」と言って控室に戻ろうとする。総合案内の人に見送られる感じで、館長室前を後にする。確かにあんまりふらふらしていると、こちらが不審者に見られかねない。「俺のカバンはどうなるの」と男子生徒が言っている。

「あの……館長さんにも会ってみたらいいかなと思います」

恐る恐る声をかける。「どうして」と言って先生が立ち止まる。

「館長室は確認してもらったよ。誰もいなかったみたいだし。これ以上、迷惑はかけられないでしょ」

（いや、一応確認してほしいんだけど）

「やぁ、お待たせ」

そのとき、館長室のドアが開いて、館長さんが出てきた。廊下で待っていた総合受付の人に声をかける。

「失礼しました」と言って、歩き出そうとした先生が急に止まった。

「見つけた！　この人だよ」

先生が言う。全員の視線が館長さんに集まる。館長さんは「えっ、何事⁉」という感じでびっくり顔である。

「また、何かやったんですね」

総合受付の人があきれ顔で言う。館長室にいないときはたいてい館内をふらふらしていて、時々ちょっとした騒動を起こすことがあるのだという。もちろん、来客の様子を見るためであったり、館内の安全点検であったり、館長さんなりに考えてのことらしいけど。

＊

「そんな、いつも問題を起こしているわけじゃないんだけどな。この間のはそもそも誤解だったし」

先日は館内で迷子になっていた女の子を保護したという。すぐに総合受付に連れてきて、館内放送で親御さんを捜すのが基本の対応である。ところが、館長さんは女の子がのどが渇いたというのでジュースを買ってあげて、ママがお庭で待っているのと言うので、そのまま文化会館の南にある公園まで連れて行った。その頃、女の子のお母さんは総合受付に来ていて娘が迷子になったと訴えていた。館内放送を入れたときには、館長さんと女の子は公園でお母さんを捜していた。

「あのときは、危うく誘拐犯に間違えられるところだった」

館長さんが笑いながら言った。

これは、今回のことがはっきりして、「前は何をやったんですか」という話題になり、後から聞いた話だ。

＊

今回の真相は――。

館長さんはもともと施設管理が専門だったそうだ。館内を見回るときも施設の点検や安全確認を気にしているという。そのときは作業服で動きやすい服装になる。さっきも館内放送で呼ばれて、途中から急いで部屋に戻った。決して追いかけられていると思って逃げ出したわけではなかった。

控室に入っていたのは、朝、館内を巡回していたときに控室の入口入ってすぐの照明が消えていることに気づいたからだ。電球が切れていたらしい。昨日の巡回で他にも電球の交換が必要な箇所があったので、ついでに交換していたとのこと。鍵は警備室から借りて開けた。ただし、締め忘れた。控室から出てきたとき、持っていた電球を落とさないようにポケットにしまった。そして、次の電球交換に向かった。

この一連の行動が、作業服の男が鍵のかかった部屋から何かを持って出てきたという事件をつくり上げてしまったようだ。

「すみません。騒いでしまって」

先生が館長さんに言う。

「いえいえ、こちらこそ、紛らわしいことをして心配をおかけしました」

館長さんたちは事務室へ、われわれ三人は控室へと向かった。

「これで一件落着」

先生が言う。

「助手のお二人もお疲れさま」

いつの間にか助手にされている。

「ちょっと待って！　俺のカバンは？」

そうだ、まだ、それがあったか。

とにかく控室に戻ることになった。さすがに控室には誰もいない。

入ってすぐのところに一つ残されていたカバンを手に取る。他にはカバンどころか、上に何も置いていない机が並んでいるだけ。

「やっぱりないよ」

「誰か間違えて持っていったのかな。困ったね」

先生が言う。途方に暮れている男子生徒に確認しようと思い、聞いてみる。

「入学式が始まる前、ステージ近くの入口から入ってきたよね」

何でも遅れそうになったので、南側の通用口みたいなドアから入ったら、すぐに控室があったという。控室に行ったら案内の男の先生がいた。「受付をしたのか」と聞かれ、「まだです」と言うと、受付係に連絡してくれた。名前を聞かれたので答えると、すぐに受付の人らしい先生が資料を持ってきてくれたという。資料を受け取ると、そのままホールへ。ぎりぎり間に合ったということらしい。

「カバンはきっと残っているよ。たぶん下にあるよ」

そう言うと、男子生徒は机の下をのぞきこんだ。「違うよ」と言って説明する。

「控室は三か所あるんだよ」

ホールの座席図と控室が載っている案内の用紙を、「祝ご入学」の封筒から出して見せる。この封筒を持ってずっと走り回っていたんだな、と改めて思う。

男子生徒はのぞきこんで、入口の外にそれぞれあるのかと改めて確認している。

ホールは一階と二階にかけて広がっている。両脇の出入口は二か所、それぞれの階に出ることができる。後ろの出入口は三階部分の廊下に出られる。廊下の突き当たりが控室だ。

「ここは二階部分の控室だよ」

二階部分の控室は５組から８組が割り当てになっている。

「俺、３組なんだけど、控室がここじゃなくてこの下の階か」

と言いながら、部屋を飛び出して行く。

まだ名前も知らない同級生に振り回されている。二人のやり取りを、興味深そうに見ていた先生が声をかけてきた。

（そうだ。そもそも、この先生が騒動に巻き込んできたんだった）

「そういうことだったのね。これですべて解決かな。ところで、さっき館長室を調べるべきって言ってたよね」

館長さんが出てきたからその必要もなかったが、「どうして館長さんが犯人だってわかったの?」と聞いてくる。かわいそうな館長さん、とうとう犯人にされてしまった。

「あの状況で、あの場所にいる人物を考えると、館長室にいる人物しか残っていないと思ったので」

人が消えてしまったり、壁を通り抜けて外に出て行ったりしない限り、あのフロアのどこかにいるはず。会議室、応接室にいなければ、残った部屋にいることになる。

「なるほどね」

先生は納得したようにうなずく。そのとき、あの名前のわからない同級生が戻ってきた。

「あったよ。俺のカバン!」

手にしたカバンを高々と振り上げる。

控室では担当の男の先生が腕組みをして待っていたという。

「また、お前かって言われたよ」

時間ぎりぎりに来て、今度はカバンを取りに来ない。カバンを忘れて帰ってしまったと思われたらしい。「カバンを忘れるなんて、まさか、そんなやついないよな」と怒っている。

（いや、君ならやりそうな気がする）

「よかったよ、他のやつが持っていったんじゃなくて。でも、ここじゃないってよくわかったな」

「さっき話を聞いたとき、控室に案内の男の先生がいたって言ってたよね。この控室の案内は女の先生だし、入学式が始まるとき、前の出入口から入ってきていたからね。前の出入口の外は一階部分の控室だから」

「すげえな！　名探偵みたいだ」

改めて「ありがとう」と言われた。案外、礼儀正しい人のようだ。

*

「さてと、二人とももう遅くなるから帰りなさい。いろいろと付き合わせちゃってごめんね。気をつけて帰ってね」

そう言えば、先生の名前もまだ聞いていない。そもそも、最初は文化会館の案内の人って思っていたし、胸のネームホルダーはちょっと字が小さくてもっと近くでしっかりと見ないとわからない。

「明日からは学校で会いましょうね」

にこやかに先生は言う。

「時間があったら、ぜひ図書館に来てね」

そのとき、あの学校新聞の裏表紙に載っていた図書館だよりを思い出した。あのイラストだ。あの図書館の先生の似顔絵を見て、見たことあるかも、と思ったのは、この案内の先生だったからだと気がついた。

(司書の先生だったんだ。これで、この先生は何者かという謎も解決。あっ、まだ、

名前がわからないや。学校新聞に書いてあったかも。後で見てみよう。図書館に行ったときに聞くのでもいいか）

「はい、今度、図書館に二人で行きます」

まだ名前を知らない同級生男子が元気よく言う。

（ちょっと待って。いつの間にか、一緒に行くことになっている）

さよならと挨拶をして控室を後にする。司書の先生が小さく手を振って見送ってくれる。


文化会館の玄関を出ると前に階段が広がっている。ここが正面玄関になるらしい。階段を下りながら、お互いにクラスや名前を聞いた。家はどこなんて話も出た。

その男子生徒は「佐藤」という名前。家からここまで自転車で来たという。余裕を持って家を出たのに、あまりの車の多さで道が混んでて、遅れそうになったと言って笑う。自転車で道が混んでて遅れるってあるのかと思ったが、「それは大変だったね」と言っておく。明日からも学校には自転車で通うという。自分は明日からは電車で通うことになると言うと、「それは大変だな。電車に乗り遅れないように余裕を持って行動しろよ」と言われた。遅れそうになったやつに言われると、ちょっと腹立たしい。

「もしも乗り遅れたら、俺が『電車が遅れていてまだ学校に到着していません』って、担任の先生に伝えておいてやるから」

気のいい、変なやつかもしれない。「ありがとう、そんなときは頼むよ」と言っておく。

すごい盛り上がるわけでもなく、それでも会話は続く。こんなのもいいかもしれない。なんだか会話が楽しい。

「理恵先生って、かわいいよな」

唐突に男子高校生の会話になる。誰それという顔をすると、「さっきまで一緒にいたじゃないか」とかわいそうなやつみたいに言われた。

「司書の先生のこと?」

「そうそう、理恵先生いいよな、かわいいよな」と繰り返している。

「図書館にどうぞって誘われちゃったしなぁ。どうする。いつ行く?」

（一人で盛り上がっている佐藤君。司書の先生だから図書館にいると言われただけで、必ず来なさいって呼ばれたわけじゃないと思うけど。それに、誰でも図書館には入れるだろうし）

「よく名前を知ってたね」

「胸の名札見なかったの？」と言われた。その後、顔を赤くして、

「胸を見てたんじゃなくて、名札を見てたんだからな。誤解するなよ」

別にそんなこと思ってなかったけど、その様子から本当はそうだったのかと思った。

赤い顔をした佐藤君は慌てて話題を変える。

「どこか寄って行くか？」

電車の時間があるから駅に向かうと言うと、駅まで行くと言う。駅まで行くとちょっと遠回りになるけど、その帰りに買い物もするからと言う。

「俺、自転車だから乗せていくよ」

「自転車で二人乗りは違反だよ」と言うと、「案外まじめなんだな」と言われた。

「まぁ、俺も実は二人乗りなんてやったことないけどな」

「危ないしな」とも言う。

（なんだ、わかってるんじゃない）

自転車が置いてあるのは公園側の入口前だという。自転車を取りに行くという佐藤君に、その前にお願いして階段下の入学式の立て看板のところでスマホを渡して写真を撮ってもらった。スマホを受け取り画像をチェックする。なかなかよく撮れている。交代して、佐藤君の写真も撮る。実は階段を下りたところに立て看板があったので、母親に言われたことを思い出した。ここを通らなければ、完全に忘れていた。

自転車を取ってくるという佐藤君を文化会館の門の前で待っていると、自転車に乗ってさっそうと戻ってきた。ちゃんとヘルメットもかぶっている。

「行こうぜ」

佐藤君は自転車を降りると、ヘルメットをかぶったまま歩き出す。後ろについて行く感じになる。

少し行くと、横の路地から自転車が出てきた。二人乗りだ。駅のほうに走り去っていく。佐藤君が振り返る。乗るかと聞かれたように感じたので、「やっぱり二人乗りは危ないよね」と言う。

「電車の時間、間に合う?」と聞くので、「大丈夫」と答えておく。実際にはぎりぎりかな。駅までの最短コースで行くというので、細い路地を通るのかと思っていたら、何のことはない、大通りの歩道を進んで行く。確かに、このほうが距離的には無駄がないのだろう。時間的には信号が多いから、少し余分にかかるかもしれないけど。

大通りに出る手前でパトカーが停まっている。

(何だろう。赤色灯は点いていないから、何か事件があったのではなさそうだけど)

歩道で自転車が停められていて、高校生らしき二人が警察官に何か注意されている。さっきの二人乗りの高校生たちだった。

「おぉ、セーフだったね」

佐藤君が小声で言う。少し離れてから、改めて「危なかったな」と言った。

「二人乗りしてたら、俺たちも捕まってたところだぞ」

興奮したように言う。

「よかった。でも、よくわかったな」

感心したように言う。

「いや、別に取り締まりをやっているから二人乗りをしなかったわけじゃなくて、自転車の交通ルールを守っただけなんだけど」

「お前、やっぱり、なんかすげえな」と言われた。別に普通だと思うけど。

「でも今日の推理はまるで名探偵だ。ということは、俺は名探偵の助手ってことになるのか」

またしても一人で盛り上がっている。

(こんな感じで、いつも盛り上がっているんだろうな。別にいやな感じじゃない。楽しく元気になる感じかな。あんまりすごいとか言われると照れるけど)

駅前のバス発着場になっているロータリーのところで、佐藤君は「ここまでな」と言った。

「じゃ、また明日、学校でな。名探偵!」

手を振って自転車にまたがると走り出す。

佐藤君を見送ってから駅舎に入る。改札に向かうと、その上に電光掲示で時間や行き先が出ている。これからはこのくらいの時間に駅に来るのかと思うと、新鮮な気持ちになる。

改札を抜けて、ホームへと向かう。ホームではアナウンスが流れている。電車が来ることを告げている。

（よし、間に合った）

ホームへの階段を駆け上がると、電車がホームに入ってくるところだった。

高校生活の第一日。いろいろなことがあった一日だった。

9 消えた乗客の謎

修学旅行は高校生活の中でも最も大きな行事の一つだと思う。

三泊四日の修学旅行。関西方面へ。地理の授業だと近畿地方だ。目的地は京都。京都市と、宇治市に行く班もあるらしい。

「いざ、出発だ！」

佐藤君がいつものノリで叫ぶ。入学式以来の付き合いだ。いつも元気な佐藤君。佐藤君に限らず、みんなテンションが上がっていると思う。

「佐藤、どこにいる！」

５組の担任の先生が同じように大きな声で言う。「いけねぇ」と言いながら、５組の列に戻っていく。「お前、いつから８組になったんだ」と担任から言われている。

二年になって佐藤君は5組になった。僕は一年のときと同じ8組。クラスごとに点呼をとってバスに乗り込む。学校集合組は無事に全員そろったようだ。これから駅に向かう。集合は学校と駅に分かれている。おそらく駅組はもう集合しているはずだ。

T駅からは新幹線。東京駅で乗り換えて、一路、京都へ。午前中には到着する予定。午後は全体で動いて、明日と明後日は班別行動、最終日はクラス別行動になっている。

T駅の新幹線ホームで全員集合となった。

同じ班の武藤君が「おはよう」と声をかけてきた。武藤君は駅集合組だ。挨拶を返して、他の班員を捜す。あと二人、大山君と小山君とはバスで一緒だったから挨拶はもうすんでいる。四人そろって班ごとに並ぶ。新幹線の座席は班ごとになっていて、基本、部屋も班ごとだ。

ホームに軽快なメロディー音に続いて「列車が来ます」というアナウンスが流れる。向こうからライトが近づいてくる。白と緑のボディカラーの新幹線がゆっくりとホームに入ってきた。

修学旅行に出発だ。

一時間もかからずに東京駅に着いた。

到着したホームから乗り換えホームまで列をつくって移動する。途中、団体専用の改札を抜けた。ここから東海道新幹線に乗る。新幹線に乗り込むと、すぐに列車がゆっくりと動き出す。慌ただしい乗り換えが終わって、ちょっとほっとする。

＊

しばらくすると車内販売を開始するアナウンスが車内に流れた。

車内は適度ににぎやかだ。それもそのはず、この車両は全員が高校生。修学旅行生専用になっている。専用車両の両端の車両には、三分の一くらい一般のお客さんが乗っている。生徒と一般のお客さんとの間の席には先生や旅行社の添乗員さんが座っている。実際に他の車両を見て回ったわけじゃないけど、旅行のしおりを見ると、そうなっていることがわかる。きっと、好奇心のかたまりのような佐藤君あたりは実際に見に行ってるんだろうな。

「生徒しかいないよね。おかしいなぁ、すぐに追いつくと思ったのに」

そんなことを考えていたら、後ろの方からその佐藤君の声が聞こえてきた。

「一般の人の席はもっと先だよね」と言いながら近づいてくる。思わず振り返ってしまう。佐藤君が女子生徒と一緒に歩いてくる。そして佐藤君は近くまで来ると、よっと片手を上げた。挨拶のつもりらしい。

「ここ、男の人、通らなかった？」

「先生が巡回で来ただけだよ」と答える。白いシャツに黒っぽいズボンの男の人だという。女子生徒は手に手帳のようなものを持っている。

「もうちょっと先まで見てくるか」

そう言って行きかけて、佐藤君が立ち止まる。

「そうだ。ちょっと一緒に来てくれない？」

何やら面倒に巻き込まれる予感がする。

そのとき、後ろから車内販売のワゴンが通路を進んできていた。茶色のエプロンをした男の人が商品を案内しながら、商品を載せたワゴン車をゆっくりと押してくる。ここで立ち話をしていると通行の邪魔になってしまう。座席から立ち上がって、佐藤君たちの後に続いた。


歩きながら話を聞くと、佐藤君たちの車両を通り抜けて行った男の人がいたという。その際、その人が紺色の手帳を落としていった。ちょうど、今、手帳を持っている女子生徒の隣を通ったときだったらしい。女子生徒はすぐに気づいて声をかけようとした。男の人は急いでいたようで、走るような速さで車両と車両をつなぐデッキ部分へと出て行ってしまう。

仕方なく落とした物を手に取ると、紺色の手帳だった。

「どうしよう」

そこに佐藤君がさっそうと登場（これは本人の弁だ）。「すぐに追いかければ、きっと隣の車両にいるよ」と言って、一緒に来たのだそうだ。

佐藤君も偶然、男の人が手帳を落としたところを見ていたという。でも、なぜか佐藤君がちょっと目をそらして言った。

（違うな。佐藤君は男の人が手帳を落としたところを見ていない。なぜなら、佐藤君だったら、間違いなく大声でその人に『何か落としましたよ』と言っているはず。

……そういうことか）

佐藤君が見ていたのは女子生徒。その女子生徒を見ていたので、すぐに状況がわかったんだ。何かを拾った、困っている感じ、よし出番だ、と。佐藤君が張り切っている理由がわかったような気がする。

（後で確かめてみよう。きっと真っ赤になるはず）

でも今、問題なのは、男の人がどこに行ったのかということだ。

「その人のことで、他には何か気づいたことはない？」

「後ろ姿しか見てないけど、そう言えば、手に何か持っていたな。カバンかな。茶色で四角かったような。でも、カバンにしては小さくて薄かったかな。財布という感じじゃなかったと思う」

佐藤君は女子生徒にも話を振る。

「渡辺さんはどう?」

女子生徒は渡辺さんというらしい。まじめそうな女の子だ。渡辺さんはちょっと考えてから、「その茶色いカバンみたいなものから手帳が落ちたような気がする」と言った。

今、三人がいるのはデッキだ。次の車両はもう一般のお客さんが乗っている車両だ。ここまでの生徒だけの車両には、その人はいなかった。そもそも走ってでもいなければ、佐藤君たちが追いつくはず。途中のデッキ部分にも、それらしき人はもちろんいない。トイレの中までは見ていないけど。

「デッキにいたのは車内販売の人たちだけだったしな」

佐藤君たちがデッキに出たとき、車内販売の人たちが話をしていたという。女の人と男の人が商品の確認をしていたらしい。邪魔にならないように横を通ってきたという。

「やっぱり、どこかのトイレに隠れているのかなぁ」

と佐藤君が言った。

「どうしようか？　先生に渡すか？」

佐藤君の話を聞いてわかったような気がする。

「もしかすると、ここに持ち主が現れるかもしれないよ」

そう言うと、佐藤君と渡辺さんは驚いた顔をした。「ほんとか！　名探偵」と佐藤君が叫ぶ。

「ちょっと待ってよ、名探偵じゃないから」

そのとき、前の車両のドアが開いた。三人が振り返った先には、車内販売のワゴンと販売員さん。

佐藤君たちは横に避ける。

「すみません、この手帳はあなたのものですか？」

思いきって問いかける。渡辺さんが持っている手帳を指す。販売員さんは茶色のエプロンの前ポケットを慌てて探る。

「あれ？　ない」

改めて渡辺さんの手にある手帳を見て、「見せてください」と言って手に取る。

「これ、私のです」

手帳の中身をぱらぱらと見た後、最後のページを開いて確認する。その部分を示して言う。最後のページに所属と名前が書いてある。販売員さんの胸のネームプレートと同じ名前だ。

「ありがとうございました。急いでいたので、なくしたことに気づきませんでした」

販売員さんはほっとしたように言う。もう一度お礼を言って、販売員さんは次の車両へと向かう。


「何でわかったの？」

渡辺さんが聞いてくる。

「渡辺さんたちが僕の車両に来る前に誰も通らなかったからね。男の人を追いかけてきて、その人がいなくなってしまったとすれば、どこかに隠れていない限り、その人がいなくなる前に見かけた人物が怪しい。佐藤君が言っていたように、デッキにいたのが販売員さんだけだとすると、その人が捜している人と同じ人物であると考える以外に説明がつかないと思ったから。それに、茶色のカバンみたいなものを持ってたと聞いて、二人の後にさっき車両に入ってきた車内販売の人がエプロンを着けていたなと思って。白いワイシャツが一瞬で茶色のエプロンに変わるからね」

「そうだったんですね。私たちは、追いかけている人に気づかず、追い越していたんですね。こんなことがあるんだ」

渡辺さんがつぶやく。

「さすがは名探偵！　こいつ、すごいだろ。それで、俺はその助手」

得意そうに話す佐藤君。いつものノリで思わず笑ってしまった。

「二人の絆を感じます」

渡辺さんが笑いながら言う。

（えぇっ、そこは感じなくてもいいんだけど）

デッキへのドアが開く。立花さんが微笑みながら出てくる。

「また何か事件が起こっているんでしょ。任せて、今度は私が解決してあげるからね」

（またって言わないでほしいなぁ。いつも何か起こしているように思われるから。でも、わざわざ心配して来てくれたのはうれしいかな）

修学旅行はこれからだ。いったい何が起こるのか——。

10 消えた卒業記念品の謎

卒業式が終わった。正式には卒業証書授与式。

なんだか、あっという間だったような気がする。三年間の高校生活そのものも、あっという間だったかもしれない。いろいろあったけど。

「お待たせ」

立花さんが友達に「またね」と手を振って玄関から出てきた。

「今回は何？　謎は解けたの？」

興味津々という顔で聞いてくる。

＊

それは卒業式が始まる一時間前のことだった。

「早いよな。もう卒業だぜ」

佐藤君がいつになくしんみりと言う。

(そうか、思い起こせば、この文化会館での入学式から高校生活はスタートしたんだった。あれは、もうはるか昔のことのように感じられる。とすると、高校生活って長かったってこと? 長いようで短い高校生活ってことなのかな)

そんなことを思っていると佐藤君が真面目な顔で言う。

「俺たちの名探偵コンビもここから始まったんだな」

入学式のことが思い出される、昨日のことのように。やっぱり、高校生活はあっという間だ。

「卒業しても、俺たちの絆は永遠だ。よろしく、名探偵」

「おはよう」と声がかかる。渡辺さんが受付を済ませて、佐藤君に挨拶をする。いや、僕たち二人に、かな。その途端、佐藤君は満面の笑みで渡辺さんに挨拶を返している。

「今日もかわいいね」なんて、おじさんみたいなノリになっている。もう夢中という感じ。

二人は修学旅行のあの事件（？）から仲良しになったらしい。佐藤君にとって、高校生活最大の思い出は修学旅行だそうだ。

「受付で何かあったみたい」

渡辺さんが佐藤君に話している。

「詳しいことはわからないけど、卒業記念品がなくなったとか言っていたみたい」

受付をすると本日の式次第などが入った封筒が渡される。その後、受付の横にある卒業記念品配付場所に行って、卒業記念品を受け取る流れになっている。

卒業記念品は学校から印鑑、同窓会から卒業証書ホルダー、ＰＴＡからは胸につけるコサージュだ。印鑑は今後使えるようにと実用品だ。卒業証書ホルダーも今日もらった卒業証書を入れて持ち帰れるから助かる。コサージュは生花を使っている、ちょっと豪華なもので、その場で胸につける。すると一気に装いが式典ムードになる。僕はちょっと恥ずかしくて、つけるのが面倒くさい。他にもそんな感じの子がいるが、それでもなんだかんだ言って、みんなつけている。

「よし、行ってみようぜ。まだ時間はあるし」

佐藤君が渡辺さんの前だから張りきる。またしても何か厄介事に巻き込まれる予感ではあるけれど、ハレの日を気持ちよく過ごすには気になることは解決しておいたほうがいい。

「謎が呼んでるぜ」

盛り上がり始めた佐藤君に、引っ張られるように受付に向かう。


受付には列ができている。玄関からも続々と卒業生が入ってくる。受付を終えた人はそのまま卒業記念品を受け取りに配付場所に行く。こちらも列になっている。その上、受け取った人たちが、その場で胸にコサージュをつけ始めるので、より人が集まってしまっているようだ。

「なんか別にトラブルが起きてる感じじゃないよね」

佐藤君が辺りを見回して言う。ごちゃごちゃしてる感じはするけど、配付場所でもめてるような様子はない。配付場所では、クラスごとにＰＴＡの役員さんが名前を聞いて印鑑を渡し、その後、三か所くらいに分かれて他の記念品を渡している。こちらは渡すものが全員同じだから、来た順にどんどん配っているって感じだ。

どちらも忙しそうで、話を聞くような状況ではなさそう。

「どうする」

佐藤君が聞いてくる。「忙しそうだから、話を聞くのは後にしたほうがいいよ」と答える。「そうだよな」と佐藤君もうなずく。


「まいったよ」

大山君が話しかけてきた。封筒や記念品を持っている。胸にはコサージュもつけてある。

「僕の印鑑がないんだよね」

大山君が記念品を受け取りに行くと、ＰＴＡの役員さんが名簿にチェックして、印鑑を探して渡そうとした。

印鑑は印鑑ケースに入れてあり、そのケースごと紙の箱に入っている。箱には表に

「祝卒業」の文字があり、箱の裏側にある四角の枠の中に、その印鑑が押されてある。ここを見れば、誰の印鑑かは一目瞭然、間違えるはずはない。

一通り探したＰＴＡの役員さんが、「あれ？　ないねぇ。まだ受け取ってないよね」と確認する。大きな紙袋の中にクラスごとに分けられた印鑑が入っている。その中を見せてもらい、一緒にもう一度確認する。確かにない。

「他のクラスに紛れてしまったのかな」

ＰＴＡ役員さんも困っている。

「ごめんなさいね。他のクラスの袋の中も確認してもらうからね」

列が長くなってしまっていたので、大山君は「後でまた来ます」と言って、その場を離れた。その後も受付、記念品の受け渡しが続いていて、とても横から確認するどころではなくなっているという。そもそも、他のクラスに確認してもらう余裕すらなさそうだ。

「まっ、帰りでもいいかな」

ここで列が途切れるのを待っていると、卒業式が始まるまでここにいることになってしまう。

卒業生は三階通路に集まることになっている。そこから入場する。先ほど、卒業生は三階通路に集まるように、とのアナウンスが流れていた。

「まぁ、最後に残るだろうしな」

佐藤君もそう言いながら、「あっけない解決だったな」とぼやいている。


三階に行こうとして歩き出そうとしたとき、隣にいた生徒たちが「一応言っておいたほうがいいんじゃない」と言うのが聞こえてきた。

「あのさぁ、話が聞こえてきたんだけど」

同じクラスの武藤君だ。その後ろに一緒にいるのはやはり同じクラスの尾藤君だ。

「俺たち、受付と記念品の受け取りが一緒になったんだけど、そのとき袋には大山の印鑑があったんだ」

尾藤君もうなずく。「俺も見たよ。一番上にあったから」と言った。ということは、袋の中に大山君の印鑑はあったことになる。それが、大山君が行ったときにはなくなっていた。

(どういうことだろう?)

「謎だ」

佐藤君がうれしそうに言う。

「やはり俺たちの出番だ」

張り切り出した。

(ちょっとやっかいなことになってきたかな)

「記念品を渡していたPTAの役員さんは、大山君の印鑑を他の人に渡した覚えはないのかな」

そこにいる人に問いかけるように言うと、すぐに尾藤君が答えてくれる。

「僕たちが記念品を受け取ったときと、今、記念品を渡してくれている役員さんは別の人だよ。きっと途中で交代してるんじゃないかな」

その言葉に、「確かにそうだね。違う人だった」と武藤君も同意する。

(そう言えば、僕が記念品を受け取ったときの役員さんとも違う。隣のクラスの人は

同じようだけど。何か用事があって代わったのかもしれない）

見ればわかるかもしれないけど、どんな人だったか、正直よく覚えてはいない。

（ここに、まだいるのかな）

「その役員さんに聞けばわかるかも」

しかし、武藤君たちが受付や記念品配付所の辺りを見る限り、その人はいないとい
う。

「よく顔を覚えているな」

佐藤君が感心したように言う。尾藤君が「何かよくわからないことを言われたから
さ」と言う。

「武藤のすぐ後に俺が行ったんだけど」

そのＰＴＡの役員さんは歌うように何度か名前を繰り返し、名簿にチェックする。

そのときにうんうんとうなずき、笑いながら言われたセリフが謎らしい。

「あなたたちはコーヒーみたいね」

武藤君もそれを聞いて、何？　どういうこと？　と思ったという。

（コーヒーって、あの飲むやつだよな）

二人ともあいまいに笑って、特にその言葉の意味を聞き返さず、その場を離れたらしい。後ろに列ができていたから。

そんなことがあって、印象に残っているという。


「新たなる謎だ」

佐藤君が「よしっ」と握りこぶしをつくって気合を入れている。

（謎を増やさなくってもいいんだけど。でも、どういう意味だろう？　印鑑の件とは関係はなさそうだけど）

「なぜコーヒーか。果たして、ホットかアイスか」

佐藤君が再び盛り上がっている。

「そこが問題？　問題はそこじゃないだろ。何でコーヒーかだろ」

尾藤君に突っ込まれている。「何でかな」と武藤君も改めて首をかしげる。

「俺たちに共通することだよな」

（そうか、そういうことか！）

佐藤君の言葉を聞いてピンときた。

（なるほどね。今回は、佐藤君は的を射ているかも）

「いや、佐藤君の言っていることは、重要なポイントかもしれない」

そう言うと、佐藤君が一瞬ぽかんとしてから、「そうだろ」と勢いよく返してくる。

「この時期は絶対ホットだぜ」

的を射たと思ったら、見事に的をかすめ外れた。あるいは、的に当たったのに跳ね返されたといったところか。さすがは佐藤君だ。「で、いったいどういうこと？」と聞いてくる。

そのとき、館内放送で卒業生は三階通路に集合するように、再度アナウンスが流れた。

「三階に移動してから話そうか」

７組の列に立花さんが並んでいる。目が合うと、小さく手を振ってくれる。そして、

「なになに、今度は何」と興味津々な様子でちょっと列から身を乗り出す。きっと一緒に並んでいる子がいなかったら、列を抜け出してきているだろうな。「またあとで」というような感じで、軽く手を上げる。佐藤君が「手、どうかしたのか」と聞いてくる。慌てて手を下げて歩き出す。みんなで三階に向かう。

「謎の答えは三階にあるのか」

佐藤君がつぶやく。佐藤君がまたしても的を射た発言をする。

さて、今度は当たったのか、かすめたのか。

*

三階の廊下には卒業生が集まっている。クラスごとに集まることになっているが、まだ整列はしていない。

佐藤君はきょろきょろしている。誰か捜しているのかな。僕もある人物を捜す。おそらくいるはず。

「佐藤君、先に来ちゃってごめんね」

渡辺さんだ。佐藤君は素っ気ない風を装っているが、にんまりしている。さっきから捜していたのはきっと渡辺さんだ。

一緒にいた子が佐藤君に話しかける。

「受付の近くにみんなで集まっていたけど、何かあったの？」

渡辺さんと一緒にいる子も僕たちが集まっていたところを見ていたようだ。案外、目立っていたのかな。

佐藤君が「印鑑誘拐事件が起こったんだ」と言う。印鑑だから、紛失とか盗難とかじゃないの、と思ったが言わなかった。というより、口をはさめないくらいの勢いで、佐藤君がこれまでにわかったことを、渡辺さんともう一人の子に説明している。

「謎を解く鍵はここにあるんだ」

そう言って、佐藤君は周りを見回す。

話が途切れたところで、渡辺さんが控えめに言う。

「そうそう、8組の記念品のところにいたのは、加藤さんのお母さんだよ」

ＰＴＡ役員の中でクラス委員さんが各クラスの担当に割り当てられているという。

二人のうち一人が名簿でチェックし印鑑を渡す。手の空いているもう一人が卒業証書ホルダーなどの、その他の記念品を渡す。

渡辺さんのお母さんと加藤さんのお母さんが3組のクラス委員さん。渡辺さんのお母さんは3組を担当していたらしい。

「えっ、俺、ちゃんと挨拶したっけかな？」

慌てている佐藤君。今、気にするのはそこじゃないだろ。

8組のところに3組の加藤さんのお母さんがいることに、渡辺さんは何でかなと思ったという。

「8組の役員さんがいなかったから、代理でやってたんじゃないの」

佐藤君がもっともなことを言った。そうだと思う。そして、途中で交代して、別の場所に行ったため、あの場では姿が見えなくなったのだろう。

「加藤さんが言ってたんだけど、お母さんは今日、新製品の発売日で朝しか来られないんだって」

渡辺さんがしんみりと言う。

「お母さんも卒業式を見たかっただろうな」

「そんな、それじゃあんまりだ」

佐藤君が叫ぶ。周りの子が何事と振り返る。佐藤君もさすがに慌てて、「あっ、何でもないです」と言う。

渡辺さんは佐藤君の様子を微笑ましく見ていた。自分と同じように加藤さんのことを思いやっての言葉だと思ったのだろう。でも佐藤君は別の意味で言っているように思う。そのとき、渡辺さんが他の女子に呼ばれて、「またあとでね」と言い行ってしまう。

「なんてこった。事件の真相を知る人物は、もうここにはいない。これで謎を解く鍵がなくなった？」

佐藤君が天を仰ぐような素振りをする。たぶんさっきの「あんまりだ」というような叫びの真意はこちらだと思う。最後は疑問形。こちらを見ている。

（僕に聞いているのかな）

思わず答えてしまう。

「いや、これで謎を解く鍵はすべてそろったよ」

「おお、さすが名探偵」と佐藤君が言う。

「二つの謎は別々だけど、名前が関わっているという点では共通しているかもしれないね」

「どういうこと」と佐藤君が聞いてくる。

この場にはいないけど、さりげなく重要な情報をもたらしてくれた渡辺さん。当事者である大山君。重要な証言をしてくれた武藤君と尾藤君。コーヒーの謎では二人が当事者か。別に関係者を一堂に集めての謎解きではないけれど。何かそんな雰囲気。

「さて、みなさん、今回の事件の真相をお話しします。では、名探偵」

佐藤君が司会進行役をやっている。まだ、確認ができていないのに。

「おっ、みんな、集まって何やってんの？」

のんきに声をかけてきた人物がいる。

見つけた。さっきから捜していた人物だ。

「小山君、もう来てたんだ」

大山君が言う。

「記念品の名簿に丸がついていなかったから、まだ来ていないと思って、先に三階に上がってきちゃったんだけど。なんだもういたんだ」

そういう大山君の言葉に確信した。

（やはりそうか）

「僕も捜していたんだ。小山君は卒業記念品はもう受け取っているよね」

小山君に言う。「もちろん」と小山君は封筒と記念品の入った手提げ袋をちょっと持ち上げて、「ほらっ」と見せてくれる。卒業記念品を入れた小さな手提げ袋だ。みんなが持っているものと同じだ。

だから、それが何という感じで、周りの人たちが小山君と僕を見ている。そんな中で一人、佐藤君は「始まるぞ」と言ってワクワクした感じで見ている。

「小山君に確かめてほしいことがあるんだ。その中の印鑑を出してみてほしい」

小山君は言われた通り、袋から印鑑の入った箱を取り出す。

「その印鑑はおそらく大山君のだ」

箱の裏側を見る。そこには鮮やかな朱色の「大山」の文字が押されていた。

「どこから話そうか。もったいぶっているわけじゃなくて。やはり、印鑑の渡し間違いがなぜ起こったか、からかな」

自分の考えを整理しながら話し出す。

「3組の加藤さんのお母さんが、8組の記念品を渡す仕事を急遽やってくれていたとき、小山君が記念品を受け取りに来た」

自分の子どものクラスの子であっても、名前や顔を知らない子はたくさんいると思う。ましてや他のクラスであれば、なおのこと。さらに名前の読み方は難しい。

「加藤さんのお母さんは、小山君が名乗ったとき、『おやま』が『おおやま』と聞こえたんだと思う」

小山は「こやま」と読む方が多いかもしれない。小山君が自己紹介のとき言っていたことを思い出す。

「JR両毛線は高崎駅からどこまでか知っていますか？　栃木県の小山市《おやま》です。小さい山と書いて『おやま』と言います」

鉄道が好きな人やこの辺りを通学する人はすぐわかったと思う。でも初めて名前を見たとき、「小山」を「おやま」と読むのは難しいかもしれない。

「名簿の順番に気がつけばわかるかもしれないけど」

「名簿を見ると何でわかるんだ」

思わず佐藤君が聞いてくる。

「名簿は五十音順に並んでいる。『こやま』だったら『か』行の最後にあるはず。名簿をそこからたどっていって、その後にすぐ見つかったのが『大山』だったというわけ。加藤さんのお母さんは名簿にもしっかりとチェックして、迷わずに『大山』の印鑑を手渡したのだと思う」

「そういうことか。確かに名乗ったときに、あれって顔をされたんだよね」

大山君が言う。

「大山君が行ったときには、すでに名簿にチェックがされていたんだと思う」

「それでか。『だいせん』です。大きい山と書きますって、いつもの通り言ったから、それでかなぁと思ったんだけど」

大山君は言った。名簿では「た」行の最初に名前がある。大山君はそのとき、名簿をのぞきこんでいたという。小山君の名前にチェックがないのが見えた。それを見ても単純にまだ来ていないのかと思ったと言う。

「山山コンビは、8組ではみんな知っているもんな。でも、確かに知らないと読めないよな。『だいせん』と『おやま』って」

武藤君が改めて言う。

印鑑は無事、小山君から大山君に渡された。

「ちょっと行ってくる」と言って、小山君は改めて記念品を受け取りに行った。

「クラスごとに整列するように。委員長は点呼もして、全員そろったら報告!」

学年主任の先生が大きな声で言う。

「もう一つの謎は？」

佐藤君が聞いてくる。

「コーヒーって何？」

武藤君と尾藤君も、それがあったかという顔をした。特に謎にしなくても、と言いたそうな表情にも見えるけど。

（一応、こちらも解決しておいたほうがいいのかな）

「コーヒーの話が、印鑑の渡し間違いが起こったかもということに、気づくきっかけにはなったんだ」

名前の読み方に注意することに気づかせてくれたのは確かだ。「山山コンビならぬ、藤藤コンビかな」と言うと、佐藤君たちは一斉に「何？　どういうこと？」と言った。

「ヒントは佐藤君かな」

「えっ、俺なの？」と動揺する佐藤君。藤藤コンビは「俺たちにも共通することだよな」と言っている。顔を見合わせる三人。

「コーヒーみたいと言ったのが、加藤さんだったのもおもしろいよね」

と言うと、ますます顔いっぱいに「?」が浮かんだ。

「よし、佐藤の名において、この謎を卒業式の後に解き明かしてみせよう!」

佐藤君がクラスの場所に急いで行く。

小山君も戻ってきた。印鑑が見つかったこと、さっきの話をして「どうしてそうなったのかを伝えてきたよ」と言う。これで印鑑の件は無事解決! よかった。

卒業式が間もなく始まる。

*

「そんなことがあったのね。大変だったね。いつものことだけど」

立花さんが笑いながら言う。

卒業式が終わり、クラスごとに集まって一人ひとり卒業証書が手渡される。担任の先生からお祝いの言葉があり、生徒の代表が先生にお礼と感謝の言葉を伝える。最後に、花束とみんなで寄せ書きをした色紙、記念品を渡す。そして感無量の先生から一言。温かな雰囲気で最後のホームルームが終わった。

その後、ホール前のロビーにみんなが集まってくる。ロビーは先ほどまで結構なにぎわいだった。

その一角で、なにやら集まる卒業生の一団。佐藤君が言うところの、あの印鑑誘拐事件の関係者だ。

「卒業おめでとう」

佐藤君の第一声。「みんな集まったかな」と確認をする。なぜか渡辺さんも巻き込まれている。「山山コンビがいないな」と言うと、大山君が来た。玄関のほうに目を向けた佐藤君が大声で叫ぶ。

「おおい、小山、逃げるな！」

周りの人が何事と振り返る。小山君が振り返り、急いで戻ってくる。

「でかい声で呼ぶな、恥ずかしいだろ。それに逃げてないし。忘れてただけだし。そもそも集まるなんて言ってたか」

小山君の主張を聞き流して、「これで全員そろったな」と満足そうな佐藤君である。

「では最後の謎を解き明かします。卒業式の間ずっと考えていたんだ。それで全然眠くなかった」

どうりで、名を呼ばれたとき、変に間があったはずだ。もしかして寝てるんじゃないの、と一瞬疑った。呼ばれたのに気づかないくらい、夢中になって考えていたようだ。普通の人なら、呼名のほうが気になって、緊張しているはずだけど。

「加藤さんのお母さんが『コーヒーみたい』と言ったのは、武藤がコーヒー色に日焼けしていて、尾藤が色白で、コーヒーとミルク、そしてこれがポイントだが、甘いマスクの俺。見事に優雅なコーヒータイムになる」

目が点になっている藤藤コンビ。

戻ってきて損したなとぼやく小山君。

「佐藤が甘いのは女子に対してだろ、特に渡辺さんに」と言う大山君。

真っ赤になる渡辺さん。それを見て慌てる佐藤君。

その中でその場を何とかしようと声を上げる。

「今の大山君の言葉は、加藤さんのお母さんが思ったことを間接的に説明しているんだ」

　みんなの動きが止まった。

「佐藤は甘い。そう、その言葉の通り、『さとう』は甘い。『砂糖』は甘い。そして、甘くないのは『むとう』、『無糖』だよ。そしてちょっと甘いのは『びとう』で『微糖』だ」

　加藤さんのお母さんは飲料品の仕事をしているという。「むとう」「びとう」と聞いて、頭に浮かんだのはコーヒーだったのだろう。

「それと、もしかすると、加藤さんは自分のことも含めて言ったのかもね」

「加藤」は「かとう」で「加糖」。

「なるほど！　そうだったんだな」と大きくうなずく佐藤君。武藤君たちもそういうことかと納得している。

「さすが、名探偵！」

　小山君が握手を求めてくる。横から佐藤君が手を握り返した。小山君が微妙な顔をして笑った。握手する相手が違うけどという顔をしている。しかし佐藤君はにっこり笑って、「どういたしまして」と言った。

*

ホール横のロビーもだんだん静かになってきた。

山山コンビと、いつの間にか藤藤コンビと言われていた四人は先ほど帰っていった。

佐藤君と渡辺さんが玄関のところで何やら話している。

立花さんが玄関を出る前にクラスの子に呼び止められた。「一緒に写真撮ろう」と言われている。「先に行ってるね」と言って、玄関を出たところで待っている。

「お待たせ」と言って立花さんが玄関から出てくる。

そして今日の出来事を話す。

立花さんは、「それで」「なるほど」と目を輝かせて聞いてくれる。

「最後まで名探偵だったね、お疲れさま」

立花さんが微笑みながら言う。ちょっと照れる。

明日からも同じような毎日が続くのかもしれない。その時々でいろいろなことがあり、それが思い出や経験になっていく。

（今日の卒業式の一日も、大事な思い出の一ページになるんだろうな）

無事、卒業を迎えた日の、ちょっとした出来事である。

著者プロフィール

喜多　ひろ（きた　ひろ）

1963年生まれ

我が子の幼い時のエピソードをベースにした懐かしい日々の物語

『小さい謎、見つけた』を文芸社にて刊行

いろいろな謎、見つけた

2024年９月15日　初版第１刷発行

著　者　喜多 ひろ

発行者　瓜谷 綱延

発行所　株式会社文芸社

〒160-0022　東京都新宿区新宿１－10－１

電話　03-5369-3060（代表）

03-5369-2299（販売）

印刷所　TOPPAN クロレ株式会社

ISBN978-4-286-25675-7